달빛 잠

제인 존슨에게,
도움이 되길

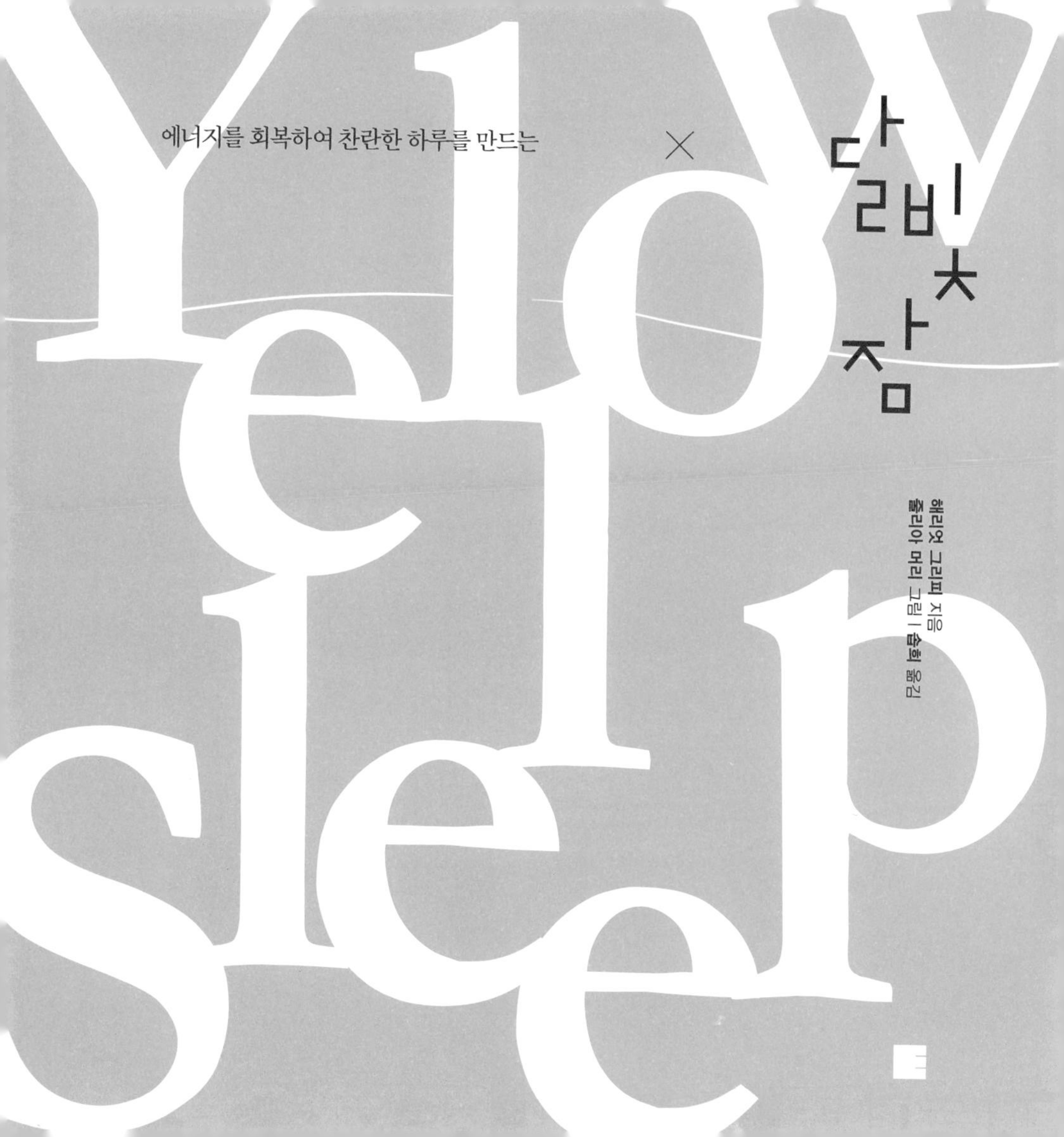
에너지를 회복하여 찬란한 하루를 만드는
×
달빛 잠
Yellow sleep
해리엇 그리피 지음
줄리아 머리 그림 | 솜희 옮김

Contents

2부: 잘 자기 위하여

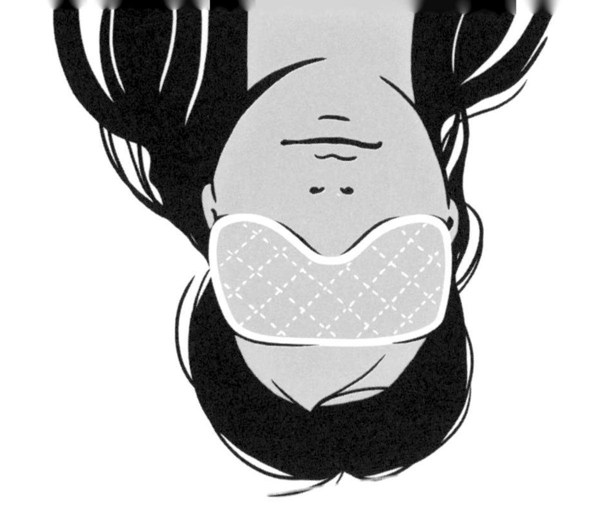

PROLOGUE

당신은 잠에 대해 얼마나 잘 알고 있나요?

잠은 우리 생활 중 가장 비밀스러운 신체 활동입니다. 우리는 자는 동안 몸에서 벌어지는 일을 거의 알아채지 못하고, 생각하지도 않지요. 하지만 잠은 나에게 줄 수 있는 큰 선물이자 축복입니다.

그런데 요즘은 충분히 잠들지 못하는 사람이 많습니다. 밝을 때 활동하고 어두워지면 자던 오래전과 달리, 요샌 종일 밝고 시끄러워 좀처럼 잠들기가 힘들거든요. 뿐만 아니라 우리를 예민하게 만드는 자극은 왜 이다지도 많은지, 겨우 잠들어도 얼마 안 가 깨기 일쑤입니다. 도대체 우리의 건강하고 평화로운 잠은 누가 빼앗아간 걸까요? 돌려받을 방법은 없는 걸까요?

• • •

영국에 사는 성인 10명 중 6명, 그러니까 2,800만 명이 넘는 사람이
잠을 제대로 자지 못하며 매일 밤 7시간도 자지 못한다.

리처드 와이즈먼, 허트퍼드셔대학 '대중심리학의 이해' 교수

거의 1년 넘게 매일 5시간도 못 자는 사람이 있습니다. 이 사람, 괜찮을까요? 네, 당연히 안 괜찮습니다. 워릭대학의 연구에 따르면 충분히 자지 못한 사람은 심장 질환으로 사망할 위험이 50%, 뇌졸중 위험은 15%까지 높아진다고 해요. 이는 잠이 심혈관계의 만성 염증과 관계가 있기 때문입니다.

• • •

생체 시계의 흐름을 거스르는 일은 무엇이든 생리 기능에 영향을 미친다.

프란체스코 카푸초, 워릭대학 심혈관의학과 교수

다행히 수면 습관과 패턴을 조금만 바꾸면 문제를 해결할 수 있습니다. 이 책에서 소개하는 방법을 따라 해보세요. 수면 시간 대비 숙면 시간은 늘어나고 기분도 훨씬 좋아질 거예요. 포근한 달빛에 싸이듯 잠에 빠지고 싶다면 잘 따라오기 바랍니다.

• • •

불면증에 시달리는 이의 마지막 위안은 잠자는 세계보다
잠들지 않는 자신의 세계가 더 우월하다는 생각이다.

레너드 코헨, 가수이자 시인

Sleep is the best meditation.

Dalai Lama

잠은 최고의 명상이다.

달라이 라마

1부

잠에 대하여

왜 자야 할까요?

인생의 3분의 1을 자면서 보내는 우리지만, 정작 잘 때 일어나는 일들은 잘 알지 못합니다. 그래도 자고 일어났을 때 개운하게 피로가 풀렸던 경험은 모두 있을 겁니다. 그것만 봐도 자는 동안 얼마나 많은 일이 일어나는지 짐작할 수 있죠.

• • •

수면을 과학적으로 탐구하며 많은 시간을 보내면서, 밤사이 그 기이한 시간이 우리 삶의 모든 순간을 지탱한다는 사실을 이해하기 시작했다.

데이비드 랜들, 《잠의 사생활: 관계 기억, 그리고 나를 만드는 시간》 저자

아이러니하게도, 우리가 잠의 중요성을 느끼는 건 '잠이 부족할 때'입니다. 잘 못 자면 몸이 무거워지고 정신이 산만해지며 신경이 날카로워지고 반응이 아주 느려지죠.

이러한 **수면 박탈**은 순발력이 필요한 일을 할 때, 심각한 문제를 일으킵니다. '깜빡 졸면 황천길'이라는 졸음운전 표어만 봐도 알 수 있죠. 이 표어를 무시할 수 없는 이유가 있어요. 졸음운전은 만취 상태에서 운전하는 것과 같으며, 졸음운전으로 인한 교통사고 사망률이 음주운전 사망률보다 1.75배 높다는 통계도 있습니다. 수면 부족이 부르는 피해가 얼마나 무서운지는 이제 아시겠죠?

계획을 세우고, 무언가 결정을 내리고, 문제를 해결하는 등의 일을 담당하는 뇌피질은 자는 동안 휴식을 얻습니다. 그렇다고 완전히 쉬는 건 아니고 활동이 느려지며 기억을 정리하고 처리합니다. 그래서 잠이 정신적·정서적·신체적 문제를 해결하는 데 도움을 주는 겁니다.

• • •

때론 밤새 고민했던 문제가 다음 날 아침 눈을 뜨면 저절로 해결될 때가 있다.

존 스타인벡, 소설가

잠과 정신적·정서적 관련성은 1950년대 미국, 피셔 박사와 드멘트 박사가 한 실험에서 답을 찾을 수 있습니다. 이들은 5일간 연속해서 숙면 중인 피실험자들을 강제로 깨웠습니다. 피실험자들은 5일 동안 점점 긴장과 불안을 느꼈고 집중하는 데 어려움을 겪었습니다. 과민함, 환각 경험 등의 증상이 나타나기도 했고요.

하지만 다시 정상 수면을 유도하자 꿈을 꾸는 깊은 숙면 상태인 '렘수면'의 빈도가 증가했습니다. 실험으로 인한 이상 징후도 사라졌죠.

잠은 우리 몸의 활동과는 큰 관련이 없는 듯도 보입니다. 그냥 누워만 있으니까요. 진짜일까요? 알고 보면 우리는 자는 데 시간당 80kcal를 씁니다. TV 시청에 95kcal가 소모된다고 하니, 절대 적은 양이 아니죠.

또 잘 때는 각성호르몬인 코르티코스테로이드와 아드레날린의 분비가 줄어듭니다. 각성호르몬의 분비가 줄어들면 뇌하수체가 세포의 성장과 재생을 돕는 성장호르몬을 분비하죠. 이런 과정은 주로 3단계, 4단계 수면 중에 이루어져요. 그래서 성장기엔 잘 자야 잘 큰다고 하는 것입니다. 그리고 격렬한 운동을 한 뒤나 임신 중에는 수면욕이 늘어나기도 하는데 이 역시 잠이 주는 재생 효과 때문입니다.

잠의 효과

› 주의력과 기억력이(특히 새로운 것을 기억할 때) 좋아집니다.
› 건강한 체중을 유지하는 데 도움을 줍니다.
› 스트레스를 줄여주고 기분을 좋게 합니다.
› 운동 능력을 향상시켜줍니다.

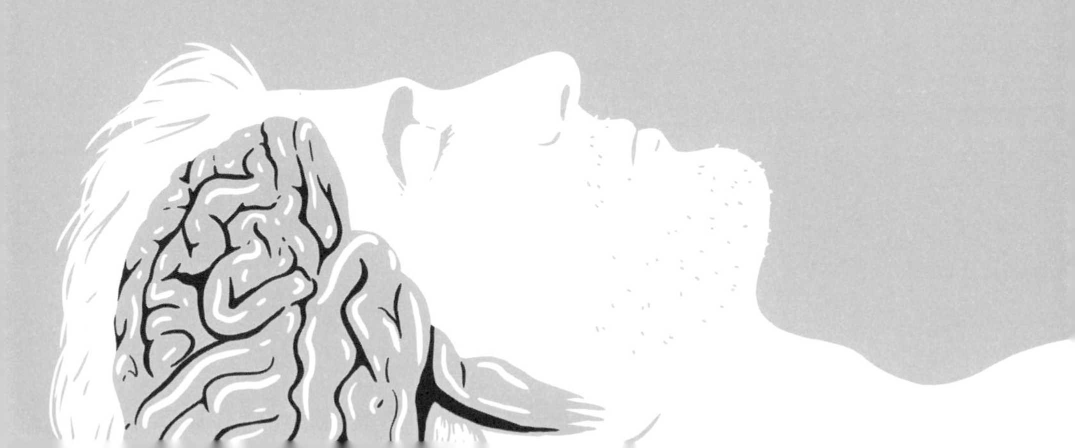

잠은 어떤 역할을 할까요?

• • •

죄 없는 잠, 근심으로 엉클어진 마음의 실타래를 풀어 곱게 짜주는 잠,
그날그날의 삶의 죽음, 노동의 피로를 풀어주는 목욕, 상처 입은 마음에 바르는 향,
대자연의 주요리, 생명의 향연에서 가장 중요한 음식인 잠을.

《맥베스》 2막 2장

밤샘족, 올빼미족 등 자지 않는 생활 패턴을 유지하는 사람이 참 많습니다. 그러나 우리가 간과하고 있어서 그렇지, 수면 부족은 뇌피질뿐 아니라 면역체계와 심혈관계에 심각한 악영향을 끼칩니다. 제대로 자지 못한 날이 지속되면 시야가 흐려지거나 말이 어눌해지는 경험을 다 해봤죠? 때론 수면 부족이 갑작스러운 공격성 증가나 건망증, 편집증, 환각, 혼돈의 원인이 되기도 합니다.

뇌를 쉬게 하는 잠

잠을 자는 동안 뇌세포는 스스로 치유합니다. 쓰지 않은 뇌세포들은 퇴화하지 않도록 활성화하는 기회를 얻기도 하죠. 깊이 잠들수록 감정을 조절하고 의사를 결정하며 사회적으로 상호작용하는 뇌가 활동을 줄입니다. 이 상호작용하는 뇌가 잘 쉬어야 깨어 있는 동안 건강하게 사회적 관계를 유지할 수 있습니다. 그러나 잠을 못 자 뇌세포가 쉬지 못하면, 탈진하거나 오염되어 오작동을 일으킵니다. 잠이 부족할 때 짜증이 확확 나는 이유가 여기 있습니다.

꿈의 역할

일어나서 기억하든 못 하든, 사람은 렘수면 중에 꿈을 꿉니다. 프로이트부터 융까지 많은 사람이 꿈의 중요성을 연구했습니다. 어떤 연구자들은 뇌피질이 렘수면 상태일 때도 일을 한다고 생각했죠. 정보를 해석하고 조직하는 일을 하는 뇌피질이 꿈속을 경험하며 일어난 머릿속 신호도 해석하려고 한다는 거죠.

꿈은 우리가 깨어 있을 때 발견하지 못한 새로운 연결 고리들을 캐치해주고 생각지 못한 아이디어를 떠올리도록 환기시켜줍니다. 또 정서 기억을 처리하면서 우리의 기분을 안정시키는 역할도 합니다. 그래서 적절한 렘수면 없이는 기분을 조절하기 힘들고, 피곤하고 감정적인 상태가 될 수 있습니다.

We all dream. We do not understand our dreams, yet we act as if nothing strange goes on in our minds, strange at least by comparison with the logical, purposeful doings of our minds when we are awake.

Erich Fromm

우리는 모두 꿈을 꾼다. 우리는 꿈을 이해하지 못하면서도
꿈속에서 벌어지는 일이 깨어 있을 때의 논리적이고 목적을 가진 행동과 같다는 듯
아무렇지 않게 행동한다.

에리히 프롬, 정신분석학자

꿀잠을 자자

깊이 잠들었을 때는 단백질 분해량이 줄어들고, 신체 세포의 활동은 늘어납니다. 어린이와 청소년기에는 이때 성장호르몬이 분비됩니다. 단백질은 세포를 성장시키고 손상을 치유하는 데 필요한 기초 성분이니까요.

스트레스호르몬인 코르티솔은 우리가 활동하는 시간에 만들어지는데, 이게 많이 쌓이면 수면 박탈이 일어납니다. 스트레스호르몬은 콜라겐 형성을 억제해서 주름을 만들죠. 더 빨리 늙고 싶은 사람은 없겠죠? 꿀잠 테라피로 노화를 예방하는 게 어떨까요? 과학적으로 처방드리자면, 90분짜리 수면 주기를 5번 반복하는 꿀잠을 추천합니다.

• • •

잠은 우리 몸을 건강과 묶어주는 황금 사슬이다.

토마스 데커, 16세기 영국의 극작가

우리 몸을 지원해주는 잠

잠을 조절하는 뉴런은 면역체계와 긴밀하게 상호작용합니다. 독감에라도 걸리면 졸음이 쏟아지지요. 면역체계가 병균과 싸울 때 생산되는 사이토카인이라는 화학물질이 졸음을 불러오기 때문이에요. 이처럼 잠은 우리 몸이 병균과 싸울 때 필요한 여러 자원을 지원해줍니다. 달리 말하자면 잠이 부족하면 병에 걸리기 쉽다는 뜻입니다.

당신이 잠든 사이에

우리는 자는 동안 몇 가지 사이클을 반복합니다. 이를 수면 주기라고 하죠. 수면 주기는 4단계의 비렘수면과 1번의 렘수면으로 이루어집니다. 아기의 수면 주기는 50분 정도이며 성인이 되면 약 90분까지 늘어납니다.

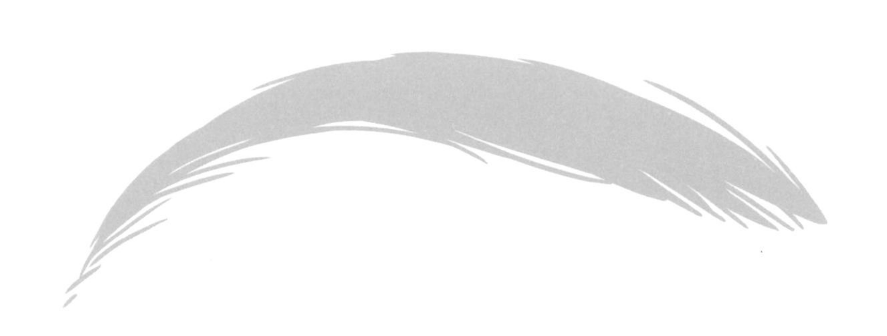

Sleep is no
for its sake one must

잠은 평범한 예술이 아니다. 이를 위해

mean art:
stay awake all day.

Friedrich Nietzsche

온종일 깨어 있어야 하기 때문이다. 프리드리히 니체

자는 동안 벌어지는 일

- **비렘수면 1단계:** 완전히 깨어 있다가 잠들기 전으로 잠이 들락말락하지만 아직 잠들지 않은 상태입니다. 이때는 곯아떨어질 수도, 바로 일어날 수도 있습니다.
- **비렘수면 2단계:** 확실하게 잠들었지만 얕은 수면 단계. 근육이 갑작스럽게 수축하면서 화들짝 놀라 깨는 수면놀람증이 발생하기 쉬운 때입니다. 거슬리는 증상이긴 하지만 특별한 이유가 있는 건 아니고, 몸에 해가 되지 않습니다.
- **비렘수면 3단계에서 4단계:** 더 깊은 잠에 빠져 깨기 힘든 단계입니다. 아기의 울음소리나 알람 같은 갑작스러운 소음에는 깨기도 하고, 이름을 부르면 반응할 수 있습니다. 호흡과 심박수는 매우 규칙적이고 느리며 안정적입니다. 몸이 가장 많이 회복되는 단계예요.

이 4단계 동안 뇌전도는 분명한 변화를 보입니다. 1단계에서는 뇌파가 알파에서 베타 그리고 세타를 거쳐 깊은 수면 활동을 나타내는 델타로 바뀌죠. 이때 뇌전도는 깊고 느린 파동의 패턴을 보여줍니다.

- **렘수면:** 4단계의 비렘수면 마지막, 다시 1단계로 돌아가기 전에 나타납니다. 꿈을 꾸는 단계로, 뇌파가 두드러진 변화를 보입니다. 호흡과 심장 박동이 빨라지고, 눈꺼풀 아래의 눈동자가 빠르게 움직입니다. 이 단계에서 근육은 마비라도 된 것처럼 이완된 상태입니다. 꿈에서의 내적 활동이 운동으로 이어지도록 신경 자극이 사실상 차단된 것입니다. 이때 깨거나 누군가가 깨우면, 못 움직이겠다는 생각이 듭니다.

우리 몸에는 우리가 의식적으로 조절할 수 없는 수면 단계나 주기, 패턴을 몸이 자율적으로 조절하는 자율 규제 장치가 있습니다. 이는 외부에서 벌어지는 일에 영향을 받기도 하고 반응하기도 합니다.

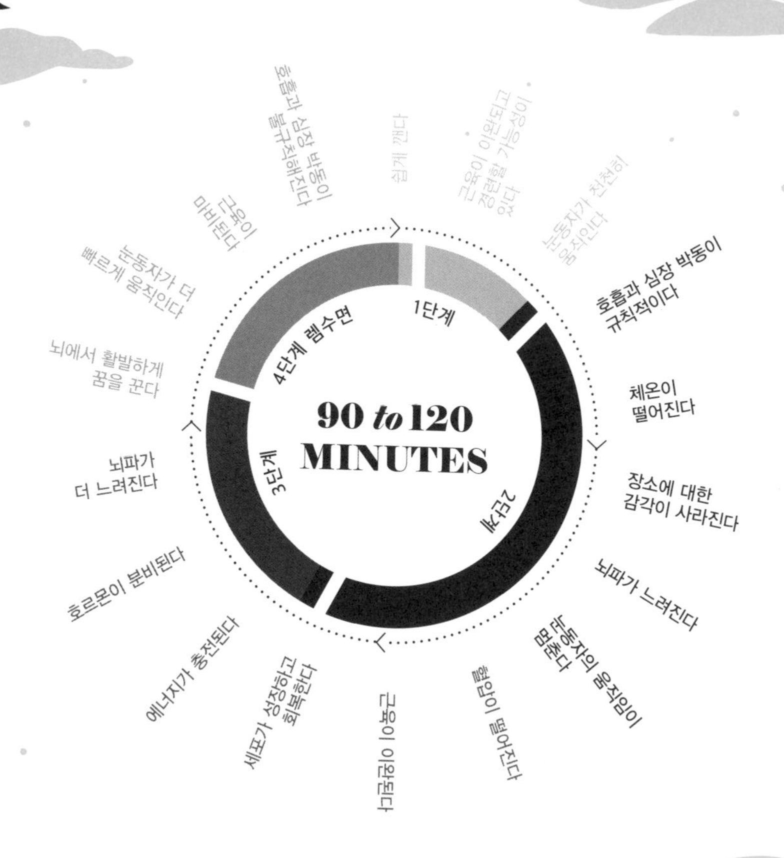
90 to 120 MINUTES
1단계
2단계
3단계
4단계 렘수면
쉽게 깬다
근육이 이완되고 경련할 가능성이 있다
눈동자가 천천히 움직인다
호흡과 심장 박동이 규칙적이다
체온이 떨어진다
장소에 대한 감각이 사라진다
뇌파가 느려진다
눈동자의 움직임이 멈춘다
혈압이 떨어진다
근육이 이완된다
세포가 성장하고 회복한다
에너지가 충전된다
호르몬이 분비된다
뇌파가 더 느려진다
뇌에서 활발하게 꿈을 꾼다
눈동자가 더 빠르게 움직인다
근육이 마비된다
호흡과 심장 박동이 불규칙해진다

언제 잘 것인지는 우리 의지로 결정할 수 있지만, 수면 패턴은 의지로 결정할 수 없습니다. 잠이 정말 부족하면 우리 몸은 이를 보상하기 위해 더 깊이 잠들려고 하고, 오래 잘 잘수록 렘수면 기간도 길어져요. 이 또한 우리가 의지로 조절할 수 없습니다.

허브를 이용한 민간요법이나 항히스타민제와 처방용 약물, 술처럼 기분을 전환시키는 약물은 수면 패턴에 영향을 줍니다. 1단계에서 바로 4단계로 이동하는 등 단기적 효과를 볼 수 있죠. 하지만 조심해야 합니다. 바쁜 하루를 보내고 자기 전에 마시는 약간의 술은 보너스이지만, 인사불성이 되도록 마시거나 약물에 의존한다면 자연스러운 수면 주기를 변화시켜 오히려 안 좋은 영향을 끼치니까요. 잘 자기는커녕 더 못 자게 될 뿐입니다.

How do people go to sleep?
I'm afraid I've lost the knack.
I might try busting myself smartly
over the temple with the night-light.
I might repeat to myself, slowly and soothingly,
a list of quotations from minds profound;
if I can remember any of the damn things.

Dorothy Parker

사람들은 어떻게 잠들까? 나는 잠드는 법을 잊은 것 같아 두렵다.
램프로 관자놀이를 세게 치면 기절할 수 있을지도 모른다. 심오한 이들이 남긴
명언들을 천천히 차분하게 따라 할 수도 있겠지. 그 망할 것들이 기억난다면 말이다.

도로시 파커, 시인이자 시나리오 작가

개운하게 일어나고 싶다면

개운하게 일어나고 싶다고요? 그렇다면 **90분의 수면 주기**를 고려해 일어나세요. 보통 수면 주기는 90분을 기준으로 반복되기 때문에 이론상 자연스럽게 의식이 깨어나는 시간을 계산해서 잠들 시간을 정할 수 있어요. 만약 아침 8시에 일어나야 한다면, 밤 11시가 잠들기 가장 좋은 시간입니다.

언제
자야 할까요?

24시간 일주일 내내 삶이라는 전쟁터에서 살아남으려면 생체 시계가 어떻게 작동하는지 알아야겠죠. 언제 자고 일어나고 먹어야 할지를 알리며, 의식하지 못하는 사이 호르몬을 분비하고 체온을 조절하는 생체 시계는 뇌의 시상하부에 있는 시교차상핵에 의해 움직입니다. 눈에 있는 광수용세포가 빛에 반응하면 생체 시계는 수면호르몬인 멜라토닌의 분비를 멈추고 시교차상핵을 낮에 맞춰 조절합니다. 즉, 인간은 낮에 깨어 있고 밤에 잠들도록 설계된 포유동물인 것입니다. 사실 우리 몸은 대략 24.5시간 단위로 돌아갑니다. 하지만 빛과 어둠에 대한 반응이 신체적 단서가 되어, 일어나는 시간과 식사 시간 등을 24시간 단위로 유지하고 있지요.

Think in the morning.
Act in the noon.
Eat in the evening. Sleep at night.

William Blake

생각은 아침에, 활동은 낮에, 식사는 저녁에, 잠은 밤에.

윌리엄 블레이크, 시인 겸 화가

생체 시계 단계

06:00
- to -
09:00

남성호르몬인
테스토스테론이
절정에 이른다.
심장마비 발생률이
가장 높은 시간,
멜라토닌 생산이 멈추는
최적의 기상 시간,
운동하기엔 가장
안 좋은 시간이다.

09:00
- to -
12:00

스트레스호르몬인
코르티솔이
절정에 이른다.
각성이 최고치에 올라
일하기 가장 좋은 시간,
단기 기억력이
가장 좋은 시간이다.

12:00
- to -
15:00

식사나 생체 시계의
신호로 인해
소화 활동이 증가한다.
점심시간 이후
주의력 저하된다.
교통사고 사망이
가장 많이 일어나는
시간은 14시다.

15:00
- to -
18:00

몸의 중심 온도가 가장
올라가는 시간이자,
심장과 폐 기능이
최고에 이르는 시간이다.
다른 시간 대비 근육의
강도가 6% 더 높아진다.
운동하기
가장 좋은 시간이다.

18:00
- to -
21:00

직관적인 사고 능력이
향상된다.
많은 음식을 소화시키기
어려운 시간이지만
알코올을 분해하는
간 기능은
점심보다 좋아진다.

21:00
- to -
00:00

빛 자극이 떨어져
멜라토닌
생산을 자극한다.
체온이 낮아지며
잠들기
가장 좋은 시간이다.

00:00
- to -
03:00

멜라토닌의 수치가
극대화된다.
내장 기능은 멈추고,
주의력이 짧아진다.
뇌가 기억을
조직화하고 공고하게
만드는 시간이다.

03:00
- to -
06:00

몸이 치유되는 시간으로
체온이 낮아진다.
심한 천식 증세가
나타나기 쉬우며,
자연 출산이 가장 많이
발생하는 시간이다.

**We are the supremely arrogant species;
we feel we can abandon four billion years of
evolution and ignore the fact that
we have evolved under a light–dark cycle.
What we do as a species, perhaps uniquely,
is override the clock. And long-term acting against
the clock can lead to serious health problems.**

Russell Foster

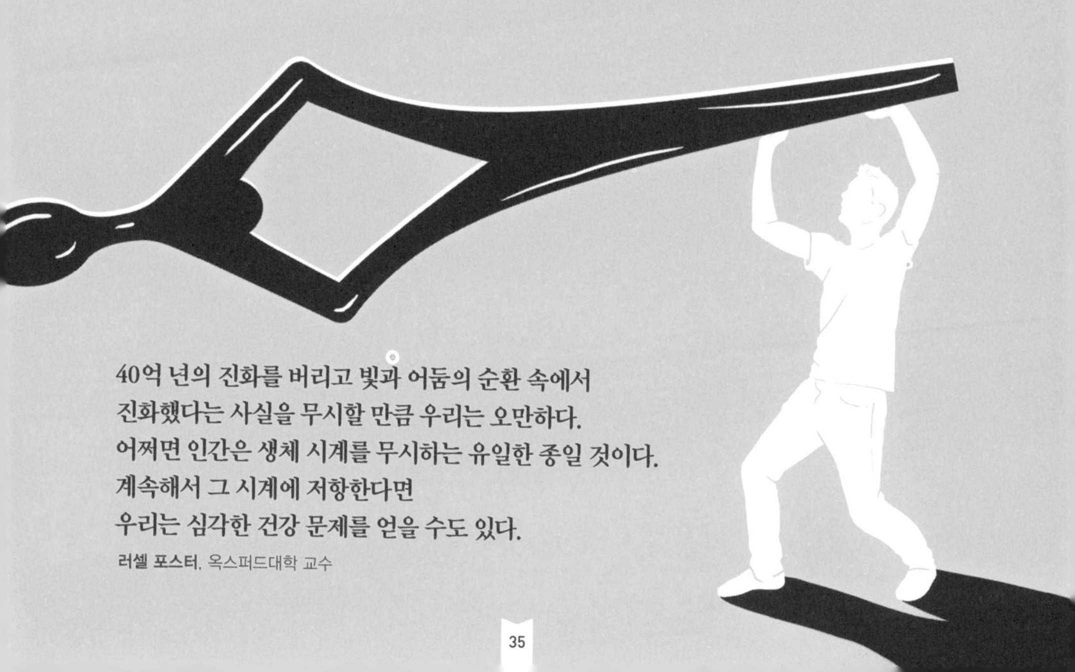

**40억 년의 진화를 버리고 빛과 어둠의 순환 속에서
진화했다는 사실을 무시할 만큼 우리는 오만하다.
어쩌면 인간은 생체 시계를 무시하는 유일한 종일 것이다.
계속해서 그 시계에 저항한다면
우리는 심각한 건강 문제를 얻을 수도 있다.**

러셀 포스터, 옥스퍼드대학 교수

시차 적응이 힘든 이유

생체 리듬은 환경 변화에 민감합니다. 시차 문제나 교대근무, 질병과 같은 외부 사건에 쉽게 영향을 받아 장단기적 수면 문제가 나타날 수 있죠.

수면 문제는 **멜라토닌과 코르티솔,** 이 두 호르몬이 언제 분비되느냐에 영향을 받습니다. 멜라토닌과 코르티솔의 분비는 매일 밤 달라지죠. 멜라토닌과 코르티솔이 조화를 이루지 못해 생체 시계가 밤낮 주기에서 벗어나면 잠을 이루기 힘들어집니다.

생체 시계를 맞추려면

매일매일이 쉼 없이 돌아가는 현대 사회에서 우리는 생체 시계를 거스르는 삶을 살게 되었습니다. 과학자들은 햇빛을 쬐지 못하면 건강에 안 좋다고 부단히 경고하지만 우리는 알면서도 바쁘니까 무시하고 있죠. 매일 햇빛에 노출되는 것이 얼마나 중요한지는 계절성 정동장애를 앓거나 우울함과 수면 장애로 고통받는 사람들을 통해 알 수 있습니다.

이 문제를 풀기 위해서는 스스로 24시간 생체 시계를 따르는지 아니면 거스르는지를 알아야 합니다. 규칙적인 수면은 빛에 노출되는 양과 연관이 있습니다. 그러니까 잠자리에 들 때뿐 아니라 하루 동안 어떤 일이 벌어지는지 살펴볼 필요가 있어요.

나의 수면 환경 체크하기

> 밤이 되면 침실이 어두운가요?
> 규칙적으로 잠들고 일어나나요?
> 낮에 얼마나 햇빛 혹은 완벽한 스펙트럼의 빛을 쐬나요?
> 매일 운동하나요? 한다면 아침에? 아니면 오후나 저녁에?
> 자기 전에 조도가 낮은 조명 속에서 잠시 쉬는 시간이 있나요?

사람은 규칙적인 생활습관에 영향을 받습니다. 그렇다고 융통성이 없다거나 습관을 바꾸지 못한다는 말은 아닙니다. 월요일부터 금요일까지 9시에 출근해서 6시에 퇴근하는 사람들 대부분이 주말에는 다른 스케줄로 사는 것처럼 말입니다. 그로 인해 하루 이틀 수면의 질이 떨어질 수는 있지만, 어쨌든 다른 패턴에 적응할 수 있어요.

그러나 열심히 노력하는데도 불면증을 겪고 새벽에 자주 깬다면, 생활 방식을 점검해볼 필요가 있습니다. 평소와 다른 이유로 피곤이 쌓이면 생체 시계가 완전히 틀어지면서 만성적인 문제가 생깁니다. 피곤할수록 잠을 잘 자기는 어려워지죠.

그러므로 잠을 더 잘 자기 위해 첫 번째로 할 일은 나의 24시간 주기를 살피는 것입니다.

무조건 밤에 자고 아침에 일어나야 할까요?

현대 사회는 우리를 아침 9시에서 오후 6시 사이에 가장 잘 일하도록 길들였을지 모르지만, 어떤 사람들은 여기에 적응하기 힘들어합니다.

캘리포니아대학의 신경유전학자 루이스 투첵 박사는 아침형 또는 종달새형 인간으로 불리는 전진성 수면위상증후군과 저녁형 또는 올빼미형으로 불리는 지연성 수면위상증후군에 대해 연구했는데, 둘 사이의 차이가 유전자에서 온다고 말합니다.

나는 종달새형일까? 올빼미형일까?

› 매일 정해진 시간에 일어나야 할 때 알람에 얼마나 의존하나요?

알람 없이는 못 일어난다 1점
보통 2점
가끔 3점
전혀 4점

› 일어나서 30분 안에 얼마나 배고픔을 느끼나요?

게걸스럽게 먹을 만큼 매우 4점
가벼운 식사면 충분한 정도 3점
가끔만 배고프다 2점
아침은 전혀 먹지 않는다 1점

› 본인 스스로 종달새형과 올빼미형 중 어느 쪽이라고 생각하나요?

종달새형일 것이다 3점
올빼미형일 것이다 2점
확실히 종달새형이다 4점
확실히 올빼미형이다 1점

› 다음 날 특별한 일정이 없다면 평소보다 얼마나 늦게 자나요?

늦게 자지 않고 평소와 똑같이 잔다 3점
한두 시간 2점
밤을 샌다 1점

› 평소보다 늦게 잠자리에 들고 다음 날 정해진 시간에 일어나지 않아도 된다면, 언제 일어날 건가요?

평소와 같은 시간에 깬다 4점
평소와 같은 시간에 깨지만 아마 졸 것이다 3점
평소와 같은 시간에 깨지만 다시 잠들 것이다 2점
평소보다 한참 뒤에 깬다 1점

› 육체적으로 힘든 일을 두 시간 동안 해야 한다면, 언제가 좋은가요?

08:00~10:00 .... 4점
12:00~14:00 .... 3점
15:00~17:00 .... 2점
19:00~21:00 .... 1점

> 2시간 동안 필기시험을 본다면, 언제가 좋은가요?

08:00~10:00 .... 4점
12:00~14:00 .... 3점
15:00~17:00 .... 2점
19:00~21:00 .... 1점

> 친구가 일주일에 두 번씩 같이 운동을 하자면서 본인은 밤 10시부터 11시까지가 제일 좋다고 제안했습니다. 그 시간에 운동을 잘할 수 있겠나요?

매우 잘할 것이다 1점
괜찮을 것이다 2점
힘들 것이다 3점
안 할 것이다 4점

> 저녁을 자유롭게 보내고 다음 날 특별한 일정이 없다면, 몇 시에 잠들 건가요?

21:00~22:00 .... 4점
22:00~23:00 .... 3점
23:00~00:00 .... 2점
00:00~01:00 .... 1점

점수 합산 결과

35-30점	29-26점	25-20점	19-15점	14-9점
확실한 종달새형	종달새형에 가까움	이도 저도 아님	올빼미형에 가까움	확실한 올빼미형

종달새형이냐 올빼미형이냐는 유전자에 의해 결정된다고 했지만, 생체 리듬에도 영향을 받습니다. 생체 시계라고 불리는 24시간 주기는 눈으로 들어오는 빛의 양에 반응한 멜라토닌에 의해 조절되지요.

물론 생체 시계는 개인마다 차이가 크고 인공적인 조명에도 나름대로의 좋은 점은 있습니다. 하지만 우리는 생각보다 빛에 영향을 크게 받으며, 그것이 자연스러운 수면 패턴을 방해하는 건 엄연한 사실입니다.

살아가며 만나는 잠 문제 _어릴 때

• • •

아이는 늘 사랑스러웠지만, 아이 어머니는 아이가 자는 모습에 가장 기뻐했다.

랠프 월도 에머슨, 사상가이자 시인

책을 집어 들고 이 부분부터 펼쳐든 사람이 있다면, 아마 갓 부모가 됐고 원하는 만큼 충분히 자지 못했을 것 같네요.

밤낮 구분을 아직 못 하는 갓난아기는 태어나서 몇 주 동안 대부분의 시간을 잠에 빠져 지냅니다. 하지만 잠만 자는 것 같아도 아기들은 주변에서 벌어지는 일을 통해 밤과 낮에 대해 배우는 중이랍니다.

잠의 단계

■=수면 □=각성

신생아

24시간 중
16~18시간,
보통 수유와
수유 사이에
4시간을 내리 잔다

생후 4주

24시간 중
15시간을
비슷한 정도로 잔다

신생아일 때는 밤중에도 모유나 분유 등을 먹으며 자다 깨다 합니다. 그러다 생후 6개월이 되어 유동식을 먹기 시작하고 낮 동안 칼로리가 높은 음식을 먹게 되면 밤에 무언가를 먹는 횟수는 줄어듭니다. 이로 인해 아기는 점점 밤에 깨는 일도 적어집니다. 소화작용이 정신을 각성시키는 역할을 하는데, 그럴 일이 점차 줄어드는 것이죠.

아기가 눈빛이 초롱초롱해져 활동하는 낮 시간이 길어지면, 밤은 자는 시간으로 조금씩 자리를 잡게 됩니다. 아기와 어린이의 수면 주기는 어른의 90분에 비해 짧은 50분이지만, 눕자마자 깊은 잠에 빠집니다. 한 시간에 1번 정도 상대적으로 가볍고 얕게 잡니다.

24시간 중 14시간을
(낮잠 3시간 두 번,
밤잠은 8시간) 잔다

24시간 중 13시간을
(낮잠 90분 두 번,
밤잠은 10시간) 잔다

24시간 중 12시간을
(낮잠 2시간,
밤잠은 10시간) 잔다

자는 법도 배워야 한다

부모가 더 많이 자려면, 아기가 부모의 도움 없이 잠드는 법을 배워야 합니다. 첫 스텝은 아기가 낮잠에 완전히 빠져들기 전에 아기를 눕히는 것입니다. 아기가 안겨 잠드는 게 익숙해지면 밤에 깰 때마다 다시 재우기 위해 안아줘야 하니까요. 6개월이 되지 않은 아기가 새벽 3시에 깬 것이라면 괜찮습니다. 하지만 깰 징조가 보일 때 곧장 달려가 품에 안고 달래면 아기는 스스로 잠드는 법을 배우지 못해요. 새로운 습관은 낮에 들여야 합니다.

아기와 함께 잘 것인가, 아닌가는 부모의 선택 문제입니다. 일부 부모들은 함께 자면서 만족스러운 효과를 볼 수 있지만, 이는 아기가 더 자랐을 때 혼자 자기 힘들어하는 원인이 될 수 있죠. 아기를 밤에 잘 재우는 게 목적이라면 다른 사람이 곁에 없을 때 혼자 잠드는 법을 알려줘야 합니다.

너무 피곤하면 오히려 더 못 잔다

간혹 "우리 애는 많이 안 자도 괜찮아요"라고 하는 부모들이 있습니다. 하지만 잠을 자지 못해 지나치게 피곤하면 코르티솔과 아드레날린 같은 각성호르몬이 분비되어 아이들이 진정하기 더 어려워집니다. 이렇게 과잉 행동을 보이는 것은 모두 수면 박탈의 결과일 수 있어요. 이럴 때는 한동안 아기가 잘 적응하도록 시간을 관리하고 유지해줘야 합니다. 어른이든 아이든 충분히 잠을 자야 적응하기 더 쉬운 법이죠.

People who say they sleep like a baby usually don't have one.

Leo J. Burke

아기처럼 잘 잔다고 말하는 사람들은 대개 아기가 없다.

레오 J. 버크, 심리학자

살아가며 만나는 잠 문제 _십 대 때

밤을 불사르고 다음 날 점심까지 잔다는 십 대를 자주 볼 수 있습니다. 이는 아이가 어른으로 자라는 동안 겪는 통제 불가능한 신체 변화 때문이에요. 호르몬 급증과 몸의 성장, 뇌의 재구조화는 동시에 일어나며 십 대에게 강력한 자극제가 됩니다.

자는 시간이 점점 늦어지는 문제

정상적인 수면 패턴이 조금씩 늦어지면 늦게 자고 늦게 일어나는 **수면위상지연 증후군**이 됩니다. 새벽 1시에 잠들고 등교를 위해 아침 7시에 일어나야 한다면 수면 부족을 피할 수 없겠죠. 십 대들 사이에서 만성 수면 부족은 흔한 문제입니다. 이러한 수면 박탈은 호르몬의 기복과 함께 십 대들에게 해로운 자극제가 됩니다. 2시간만 덜 자도 기분이 나빠지고 주의력 저하가 나타나죠.

십 대들은 스마트폰, 노트북, 컴퓨터 게임 때문에 늦게 자는 경우가 많습니다. 그런 전자기기에서 나오는 블루라이트는 수면호르몬인 멜라토닌의 분비를 방해하여 정신을 각성시킵니다. 잠 못 들게 하는 원인이 되는 것이죠.

십 대 때의 이상적인 수면 시간은 9시간입니다. 그만큼 자지 못하고 만성 수면 박탈에 시달린 십 대들은 피곤해지고 짜증을 내며 과민하고 우울해질 수 있습니다. 수업 중에만 조는 게 아니라 주말에는 점심때까지 침대에서 나오지 않기도 하지요. 만성 시차증으로 고통받고 있다고 할 수 있습니다.

《미국 발달 및 행동 소아과 저널》에 실린 연구에 따르면, 등교 시간을 25분 늦추자 십 대들의 수면 습관과 기분이 좋아졌다고 해요. 학교 일정이 십 대의 생체 리듬과 수면 욕구랑 비슷하면, 학생들이 커피나 에너지 음료를 마시지 않고도 또렷한 정신과 행복한 마음으로 공부할 수 있다는 뜻이죠.

살아가며 만나는 잠 문제 _성인기

25세 정도가 되면, 십 대 때 요동치던 호르몬이 잠잠해지면서 규칙적으로 잠자리에 들게 되고 생체 리듬이 9시부터 6시까지 일하는 삶에 맞춰집니다.

• • •

얼마나 자야 하는지는 사람마다 다르다. 다음 날 계속 졸린지 아닌지로 판단하는 게 가장 확실하다.
어떤 사람들은 조금만 자도 괜찮다고 스스로를 속이지만,
사실 그들은 이를 보상하기 위해 오후에 낮잠을 자야 한다.

짐 혼, 러프버러대학 정신생리학 교수

하지만 어떤 사람들은 성인이 되어서도 불규칙적으로 얕은 잠을 자면서 불면의 밤을 보냅니다. 사람들은 모두 잠을 자지만 충분히 자는 사람은 극히 일부일 것입니다.

• • •

말을 위한 시간이 있고 잠을 위한 시간이 있다.

호메로스

성인기는 몸의 에너지와 정신적 수준이 최고로 높은 때입니다. 하지만 스트레스를 가장 많이 받는 시기이기도 하죠. 구직 활동, 사회생활, 가족을 꾸린 뒤의 압박 등은 잠을 자는 데 영향을 끼칩니다. 이런 성인기의 과업은 수면 문제의 원인이 될 수 있습니다. 한 잔이면 충분했던 커피가 여섯 잔으로 늘어나고, 장시간 일하느라 규칙적인 운동을 할 수 없게 되고, 그러면서도 일이 밀릴까 봐 일찍 일어나야만 합니다. 제시간에 모든 일을 마칠 수 없으니 자는 시간은 하루 6~7시간 정도로 줄어들죠.

I'm always without sleep.
I've got two kids.
I understand sleep deprivation on a profound level.

Cate Blanchett

나는 늘 잠을 못 잔다. 아이가 둘이거든.
그래서 심각한 수면 부족에 대해 너무 잘 안다.

케이트 블란쳇, 배우

살아가며 만나는 잠 문제 _노령기

나이가 듦에 따라, 생활 방식과 잠에 대한 신체적 욕구가 달라집니다. 어린이나 청소년처럼 성장하는 몸이 필요로 하는 **서파수면**을 취하는 양이 달라져 잠이 얕아지죠. 노령기의 경우 남녀가 겪는 수면 문제는 조금 다른데, 여성이 불면증을 더 많이 겪습니다.

노인 남성이 겪을 수 있는 잠 문제

남성의 전립선 비대는 빈뇨 문제를 일으킬 뿐만 아니라 배우자를 곤란하게 만들 수도 있습니다. 그런 일이 없으려면 자기 몇 시간 전부터 액체류 섭취를 제한하거나 낮 동안 방광이 적절한 시점까지 차게 두는 등 방광 재훈련을 하는 것이 좋아요.

노인 여성이 겪을 수 있는 잠 문제

폐경기에는 밤중에 식은땀을 흘리며 깨는 일이 늘어날 수 있습니다. 관련된 연구에 따르면, 이러한 변화는 생체 시계에 영향을 주는 호르몬 변화와 관련이 있다고 합니다. 따라서 호르몬 대체요법이 갱년기 증상을 완화시키는 데 도움이 됩니다. 물론 비타민E와 비타민C, 셀레늄, 바이오플라보노이드를 복용하면서 이 책에 나오는 좋은 수면 습관에 대한 조언을 따르면 더 좋을 거예요.

나이가 들수록 잠 관리가 중요한 이유

활동량이 적어지면 낮 동안 빛을 보는 시간이 줄어듭니다. 그렇게 지적 자극이 줄어들고 권태가 늘어나면, 낮잠이 늘어나고 밤에 잠들지 못하게 될 수도 있죠.

관절염 같은 노화로 인한 병은 고통을 동반하여 깊은 잠을 방해합니다. 또 치매 같은 인지장애는 생체 리듬에 영향을 미쳐 결과적으로 잠에 영향을 끼치고요. 잠을 조절하는 뇌, 신경전달물질의 변화, 여러 질환의 증상을 완화하기 위한 약… 이런 요인들로 인해 잠을 자는 데 문제가 생길 수 있습니다.

나이 들어 생기는 잠 문제를 바로잡으려면 24시간 주기를 바로잡아야 합니다. 그러니까 생체 시계가 낮과 밤의 일정과 최대한 밀접하게 움직이도록 해야 하죠. 동시에 불면에 영향을 줄 수 있는 통증, 배고픔, 감염 같은 외부 요인들을 컨트롤해야 하고요.

얼마나 자야 할까요?

• • •

낮을 잘 보내면 잠자는 시간도 행복해진다.

레오나르도 다빈치

기분 좋게 활동하기 위해 필요한 잠의 양을 **기초 수면 요구량**이라고 합니다. 그리고 잘못된 습관이나 병, 소음 같은 방해 요인 때문에 하루 혹은 며칠 동안 손실된 잠을 **수면 부채**라고 하지요. 기초 수면 요구량과 수면 부채는 서로 상쇄될 수 있어야 합니다. 기초 수면 요구량이 수면 부채를 갚지 못하면, 아침에 일어나 정신을 차리기 힘들어지고 낮에 졸음이 쏟아지게 됩니다.

생애 주기별 적정 수면량

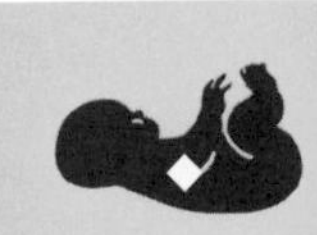

신생아
(0-2개월)
15~18시간

영아기
(3-11개월)
14~15시간

걸음마기
(1-3살)
12~14시간(주로 밤)

수면 부채 관리하기

매일 아침 일어나기 어렵고 정신을 차리기 힘들다면, 밤에 소음이나 다른 요인 때문에 몇 번씩 깬다면, 긴 시간 집중하기 힘들다고 느낀다면, 자러 가고 싶은 생각이 너무 심해서 오히려 이른 오후에 기력이 떨어진 것을 느끼지 못할 정도라면, 지금 수면 부채를 겪고 있는 것일 수 있습니다.

수면 부채를 잘 갚는 사람들도 있지만 어떤 사람들은 수면 부채를 감당하지 못해서 일을 망치거나 잠을 못 이룰까 봐 불안해합니다. 몸 상태가 좋지 않더라도 나중에 밀린 잠을 몰아 자면 괜찮아진다고 생각하기도 하죠. 사실 제때 잠을 보충하기만 하면 어쩌다 생기는 수면 부채는 잘 처리할 수 있습니다.

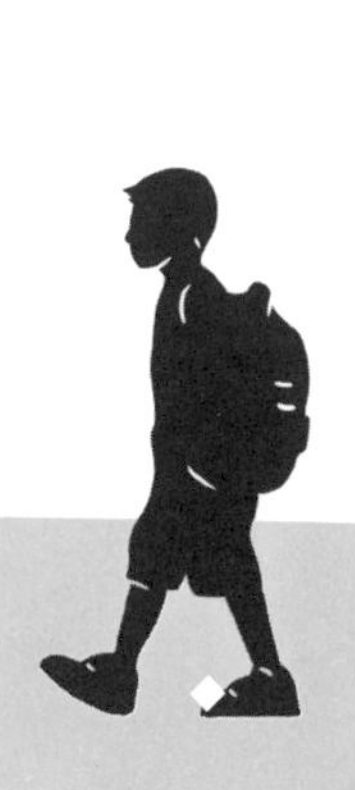

학령전기
(3-5살)
11~13시간

학령기
(5-10살)
10~11시간

청소년
(11-17살)
8시간 반~9시간 반

성인
(18살 이상)
7~9시간

...

건강하게 나이 들기 위해서는 깊고 편안하게 자야 한다.
정신적으로 힘든 일은 이렇게 잠들지 못하게 한다.

메흐메트 오즈, 뉴욕 프레스비테리안 컬럼비아 메디컬센터 주치의

전 세계 인구 중 약 5%는 평균보다 훨씬 덜 자고도 잘 견딜 수 있습니다. 마거릿 대처, 무솔리니, 마오쩌둥, 히틀러가 바로 그 5%에 해당했죠. 하지만 계속해서 수면 부채를 느끼는 분이라면, 5%에 해당하지 않을 가능성이 크니 수면 습관을 꼭 살펴봐야 합니다.

2부

잘 자기 위하여

잠을 못 자면 어떻게 될까요?

수면 패턴을 파괴하는 교대근무

EU 조사에 따르면 교대근무를 하는 사람 중 18% 정도는 수면 패턴이 무너져 생활에 타격을 받고 있다고 합니다. 정상적인 생체 시계의 리듬을 벗어나서도 일을 계속하기 위한 노력이 심장마비와 뇌졸중, 비만 및 2형당뇨병에 걸릴 가능성을 높이기 때문이죠.

그래도 교대근무를 해야 한다면 가능할 때 충분히 자고, 건강하게 먹고, 햇빛을 많이 쐬고, 쉬는 날에는 운동을 하면서 안 좋은 영향을 상쇄하기 위해 노력해야 합니다.

시차증의 악영향

표준 시간대를 넘어갔다가 빠르게 다시 돌아오는 여행은 **시차증**으로 알려진 현상을 일으키면서 생체 시계를 완전히 망가뜨리곤 합니다. 시차증은 서쪽에서 동쪽으로 여행할 때 더 심해지는데, 몸이 짧아진 낮보다 길어진 낮에 적응하기 더 힘들어하기 때문이죠.

시차증의 영향을 줄이려면

› 도착 전에 지치지 않도록 여행 전에 될 수 있는 한 정상적으로 자두세요.
› 비행기에 오르면 휴대폰의 시간대를 도착지에 맞게 바꾸고, 그 시간대에 맞춰 먹고 주무세요.
› 물이나 코코넛워터 등 특히 다섯 가지 필수 전해질이 들어 있는 음료를 충분히 마시세요.
› 도착지의 시간에 맞게 생활하며 햇빛을 충분히 쬐세요.
› 급하게 여행할 때는 다음 음식을 먹는 게 좋습니다.

- 체리: 새로운 수면 패턴을 만드는 데 도움을 주는 천연 멜라토닌이 풍부
- 브라질넛, 브로콜리, 녹색 채소, 현미, 생선, 유제품: 자연스러운 진정 효과를 지닌 마그네슘이 풍부
- 아보카도, 칠면조, 치즈, 우유: 잠드는 걸 도와주는 진정제인 트립토판이 풍부

규칙적인 사람도 겪을 수 있는 사회적 시차증

수면 패턴이 어그러지고, 몸에 기운이 빠지거나 방향 감각을 잃어버리는 등 사회적 시차증은 실제 시차증과 매우 유사합니다. 사회적 시차증은 생체 시계와 외부 세계의 시계가 다르면 발생합니다. 규칙적으로 사는 사람이어도 말이죠.

사회는 시계로 시간을 정하지만, 우리 몸은 빛을 이용하여 시간을 맞춥니다. 그래서 해가 짧아진 겨울 아침 어둠 속에서 일어날 때 더욱 피곤하고 불쾌한 것입니다.

9시부터 6시까지 일하는 주중의 생활 패턴이 늦게까지 깨어 있다가 늦게 일어나는 주말의 생활 패턴을 만날 때 사회적 시차증이 일어나기도 합니다. 누군가에게는 월요일 아침이 평범한 주중의 하루가 아니라, 금요일 밤에 대서양 횡단을 하고 돌아온 월요일 아침처럼 느껴질 수 있습니다.

• • •

사회적 시차증은 생체 시계를 흐트러트린다.
자고 나서 오히려 피곤해지는 수면후무력증이 몇 시간 동안 지속될 수도 있다.

짐 혼, 러프러버대학교 수면 신경과학자

하루에 여러 번 자더라도 규칙적으로

하루에 한 번 잠을 자는 어른과 달리 아기들은 하루에도 여러 번 잠을 자죠. 이를 **다상수면**이라고 합니다. 전기가 발명되기 전, 자연광에 의존해 살아가던 시절에는 이런 다상수면 패턴이 더 많았습니다.

자고 일어나는 사이클이 계속 변하는 교대근무와 달리, 규칙적으로 하루에 여러 번 자고 일어나는 다상수면 사이클은 뇌에 활력을 찾아주고 생산적으로 활동하는 데 도움을 주기도 합니다. 선원들이 밤에 바다를 감시할 때처럼 우리도 하루에 여러 번 잠드는 데 익숙해질 수 있죠.

레오나르도 다빈치는 매일 겨우 한 시간 정도 잤다고 알려졌는데, 대신 4시간마다 15분씩 자면서 휴식을 취했습니다. 그러면서 매우 다양한 분야에서 놀라운 예술적 성취를 이루었죠. 하지만 다빈치와 같은 사례는 아주 드문 경우예요. 사람들 대부분은 하루에 여러 번 자더라도 일반적인 수면 부족과 비슷한 증상을 겪습니다.

잠들지 못하는
당신에게

불면증이란

불면증이라고 하면 단순히 잠을 못 자는 것으로 생각하기 쉽지만, 정확히는 적어도 일주일에 3일 밤을, 4주 이상 제대로 못 자는 경우를 말합니다. 어쩌다 하루 이틀 못 자는 것은 불면증이라기보단 외부 환경에 의해 일어나는 일시적 문제에 가깝죠.

• • •

약간의 불면증은 어둠에 드리우는 한 줄기 빛처럼 잠의 고마움을 알려준다.

마르셀 프루스트, 소설가

불면증이라면

› **잠들지 못함:** 피곤하다고 느끼지만, 몸과 마음 모두 여전히 정신없이 돌아가고 있습니다. 두 시간이 지나도 지친 상태이며 잠들지 못합니다.

› **계속해서 깨어남:** 비교적 일찍 잠들지만, 밤중에 몇 번씩 깨며 다시 잠들기 어려워집니다.

› **이른 아침 각성:** 쉽게 잠들고 잘 자지만, 짧게 자고 일찍 일어난 뒤 다시 잠들기 힘듭니다.

› **수면의 질이 떨어짐:** 위의 세 가지 증상이 복합적으로 나타납니다.

이런 증상이 있더라도 불면증으로 진단받으려면 한 번이 아니라 여러 주에 걸쳐 증상이 나타나 생활 패턴이 되어야 합니다.

불면증이 위험한 이유

불면증은 누군가에겐 힘겨운 일이지만 누군가에겐 별일 아닐 수도 있습니다. 짧게 자고도 피곤해하지 않는, 강철 같은 사람을 본 적 있을 거예요. 5시간만 자더라도 자신의 잠 습관을 유지하며 충분히 생활이 가능하다면 괜찮습니다. 그러나 불면증을 앓으며 이로 인해 예민해지고, 집중력이 떨어지며, 행동이 굼떠진 사람은 반드시 치료해야 합니다.

불면증은 필연적으로 수면 박탈로 이어집니다. 피곤할수록 스트레스호르몬이 더 많이 분비돼서 긴장을 풀고 잘 자는 일이 점점 어려워지며 헤어나올 수 없는 불면의 굴레에 빠지는 겁니다. 다행히 처방전이 필요한 약을 쓰기 전에 스스로 불면증 패턴을 깰 방법이 있습니다. 그 방법은 때때로 단기적 차원에서 불면증을 이겨내는 데 도움을 줄 수 있죠.

The best cure for insomnia is to get a lot of sleep.

W.C. Fields

불면증의 가장 좋은 치료법은 잠을 많이 자는 것이다.

W.C. **필즈**, 미국 영화배우

늘 피곤하고 낮에 너무 졸린가요?

몸에는 문제가 없는데 항상 피곤함을 느끼는 것을 **TATT 증후군**이라고 합니다. 이 증상을 겪는 환자 중 75%는 일시적인 증세로, 해당 진단을 받는 경우가 거의 없습니다. 체중이 너무 많이 줄어들거나, 림프절이 붓거나, 심장과 폐 질환 및 철분결핍성빈혈 혹은 **수면무호흡증** 같은 다른 증상에 영향을 끼칠 때만 의사는 TTAT 증후군으로 진단합니다.

빈혈

평소 철분이 부족해서 생기는 철분결핍성빈혈은 피로감을 일으킵니다. 생리량이 많거나 철분이 풍부한 음식을 제대로 먹지 못하면 생길 수도 있는데, 이는 적절한 음식 섭취로 바로잡을 수 있어요. 이런 이유로 피곤한 게 아닐까 의심이 든다면 혈중 헤모글로빈 수치를 확인해서 식습관을 개선하거나 철분 보충제를 먹으면 되죠. 철분 흡수를 돕기 위해 비타민C도 함께 먹으면 좋습니다.

수면무호흡증의 증상

- 낮에 심한 졸음에 시달립니다.
- 아침에 머리가 자주 아픕니다.
- 몸무게가 갑자기 늘어납니다.
- 잤는데도 쉰 것 같지 않은 느낌으로 일어납니다.
- 밤중에 혼란스러운 기분으로 깰 때가 많습니다.
- 자는 도중 호흡이 멈출 때가 있습니다.

수면무호흡증

수면무호흡증은 **폐색성 수면 장애**라고도 합니다. 무호흡이란 말 그대로 호흡이 멈춘다는 뜻인데, 호흡이 방해를 받을 때 일시적으로 나타납니다. 무호흡증은 산소 결핍으로 이어집니다. 때문에 잠들었을 때 무호흡증이 나타나면 깊이 잠들었더라도 금세 얕은 잠으로 바뀌거나, 잠에서 깨어나 정상적으로 호흡하게 됩니다. 이런 지속적인 수면 중단이 한 시간에 대여섯 번 정도 일어나기도 하죠.

과도한 주간졸림증

낮에 심하게 졸린 것을 **과도한 주간졸림증** 혹은 **과다수면**이라고 합니다. 이 역시 수면무호흡증이나 하지불안증후군을 포함한 여러 가지 원인 때문에 일어나죠. 오랜 시간 충분히 잘 자는 사람에게도 알 수 없는 원인으로 이런 증상이 나타나기도 합니다. 흔한 증상은 아니며, 불규칙한 수면 패턴이 원인이 되는 경우도 드물어요. 이 수면 장애를 겪는 사람들은 낮잠도 자고 밤에 10시간 넘게 잘 자놓고도 아침에 너무 졸려 정신을 차리기 힘들어합니다.

하품

피곤하거나 지루하기 때문에 하품을 한다고 생각하나요? 과학자들이 연구한 바에 따르면, 하품은 잠의 양이나 몸의 피로와 직접적으로 관련이 없다고 합니다. 우리는 주관적으로 졸리거나 지루할 때 하품을 하곤 하는데 배고플 때도 하품을 해요. 하품은 지루함이나 무기력함을 보여준다고 해석되는 일이 많지만, 실제로는 그렇지 않을 수 있습니다.

근본적으로 하품은 의식 통제를 벗어난 뇌 중앙의 원시적인 부분에서 시작됩니다. 신경과학자 로버트 프로바인은 잠에서 깨려고 하거나, 반대로 잠들려고 하거나, 불안했다가 안심하거나, 지루함을 떨치거나 하는 등 행동을 전환할 때 몸과 마음을 가다듬는 무의식적인 노력에서 하품이 나온다고 했습니다. 그는 비행기에서 낙하산을 타고 뛰어내리는 군인을 대상으로 하품 횟수를 살펴보았는데, 병사들이 뛰어내리기 직전 하품하는 빈도가 늘어났다고 합니다. 우리의 오해와 달리 하품은 무언가에 온전히 집중하도록 자극해주는 방아쇠이자, 다시 정신을 집중하게 하는 생존 기제였던 겁니다.

그러면 하품이 전염되는 이유는 뭘까요? 다른 사람들이 하품할 때 덩달아 하품을 하는 이유는 공감이나 사회적 유대감에서 비롯됩니다. 사람은 약간의 자극과 음식, 우리를 계속 움직이게 하는 무언가가 필요해지면 타인에게 감정을 이입하기 때문입니다.

잠의 방해꾼들은 누구일까요?

얕게 잠들고 불면증에 빠지기 쉬운 사람들이 있습니다. 혹은 평소에는 잠을 잘 자다가도 일시적으로 각성 상태가 되어 다시 잠들기 어려워하는 사람도 있고요. 개개인의 상황이나 수면 이력이 어떻든 간에, 잠을 방해하거나 수면 패턴을 바꿀 수 있는 요소가 무엇이 있는지 목록을 작성하고 검토해보세요.

• • •

우리는 꿈이 만든 존재다. 그리고 우리의 작은 삶은 잠이 만든다.

셰익스피어

졸음을 쫓아내는 빛

낮 동안 빛을 쬐면 생체 시계를 맞추는 데 도움이 됩니다. 햇빛이 가장 좋지만, 햇빛을 쬐기 어려울 때는 온전한 스펙트럼을 가진 전등을 이용해도 좋아요. 반대로 자기 전엔 빛을 줄여야 해요. 어떤 유형이든 빛은 졸음을 쫓기 때문입니다.

연구에 따르면 빛의 스펙트럼 끝자락에 있는 블루라이트가 특히 정신을 깨운다고 합니다. 멜라토닌 생산을 억제하는 블루라이트는 컴퓨터, 태블릿, 스마트폰, TV, LED 전등 등에서 나옵니다. 자기 전에 전자기기를 만지지 말라는 게 괜한 말이 아닌 거죠.

리처드 와이즈먼 교수에 따르면 80%가 넘는 사람들이 전자기기를 자기 전까지 사용하며 특히 18~24세는 91%의 높은 사용률을 보인다고 합니다.

블루라이트를 피하기 위해 빛의 강도를 낮추거나 블루라이트 차단 필터를 쓸 수도 있습니다. 하지만 그보다 더 좋은 방법은 안 보는 거겠죠?

렘수면을 방해하는 알코올

알코올이 정상 수면 과정에 방해가 되는 것은 분명한 사실입니다. 잠들기 바로 전에 술을 많이 마시면 수면 패턴이 흐트러질 수 있죠. 술에 취하면 곧장 깊은 잠에 빠질 수 있지만, 렘수면 1단계는 놓치게 됩니다. 영국 팝워스병원 수면센터장 존 슈티어슨은 "몸은 깊은 잠을 자는 동안 스스로 회복하는데, 알코올이 이를 방해할 수 있다"라고 말합니다.

알코올이 분해되기 시작하면 렘수면으로 돌아가는데, 이때 훨씬 깨기 쉽습니다. 술을 마셨을 때 몇 시간 자지 못하고 일어나는 이유가 이 때문입니다. 밤에 6~7번 정도 정상적인 렘수면 주기를 겪어야 일어났을 때 개운함을 느낍니다. 하지만 술을 마시면 렘수면 주기를 1~2번 정도밖에 겪지 못할 가능성이 높습니다. 당연히 일어났을 때 피곤함을 느끼게 되죠.

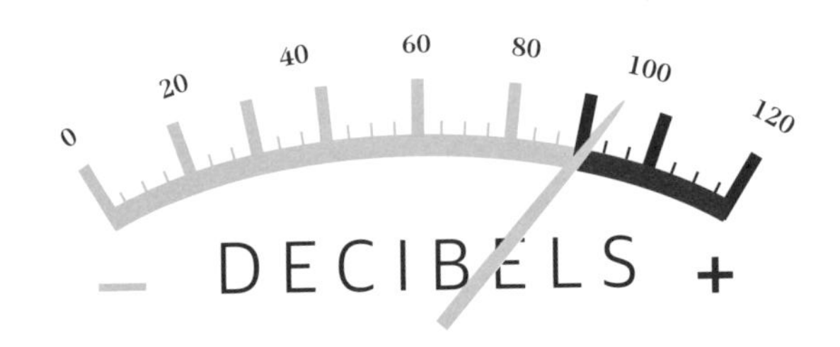

Laugh and the world laughs with you, snore and you sleep alone.

Anthony Burgess

웃어라, 세상이 너와 함께 웃을 것이다. 코를 골아라, 너는 혼자 자게 될 것이다.

앤서니 버지스, 소설가

시끄러운 코골이

코골이는 당사자에겐 피곤함을 선물하고, 함께 자는 이에겐 소음을 선물합니다. 왜 코 고는 소리는 시끄러울까요? 코골이는 자는 동안 목구멍의 근육이 이완되어 살짝 닫히면서 숨이 들고 나갈 때 '드르렁' 소리가 나는 겁니다. 정면으로 누워 잘 때, 과체중일 때, 술을 마셨을 때, 알레르기가

났을 때, 편도선이 붓거나 피부 점막에 혹처럼 생긴 폴립이 생기면 코를 골 수 있죠. 이러한 신체적 문제들을 해결하면 코골이 증상이 완화될 수 있습니다. 심하지 않거나 간헐적인 코골이는 같이 자는 사람을 성가시게 할 수는 있어도 큰 문제는 아니죠. 하지만 기도를 막아 정상적인 수면 주기를 방해하거나 자다 계속 깬다면 수면무호흡증일 수도 있습니다. 이것이 TATT 증후군이나 낮과다졸림증으로 이어진다면 반드시 해결해야 합니다.

몸을 깨우는 배고픔

너무 많이 먹어서 문제인 세상에서 배고픔을 수면 문제의 원인으로 꼽으면 조금 뜬금없이 보이려나요? 하지만 6시쯤 가볍게 이른 저녁을 먹고, 잘 때까지 아무것도 먹지 않으면 새벽 5시에 '꼬르륵' 소리를 들으며 깰 수 있습니다. 혈당 수준이 떨어져 몸에 저장된 탄수화물을 꺼내 쓰는 데 필요한 코르티솔 분비가 이루어진 것이죠. 코르티솔은 스트레스호르몬이기도 해서 몸이 활동하도록 깨우는 역할을 합니다. 아침에 너무 일찍 깨서 힘들다면, 잠을 잘 자도록 자기 전에 잠을 유도하는 음식을 먹는 게 좋습니다. 우유가 들어간 따뜻한 음료, 오트밀 비스킷, 바나나처럼 탄수화물을 천천히 내보내는 가벼운 간식류를 추천합니다.

밤에 더 심해지는 통증

몸이 아프면 그 통증이 길든 짧든 잠에서 깨기 마련입니다. 자기 전에 진통제를 먹는 게 해결책이 될 수 있지만, 고통을 줄이는 다른 방법도 함께 생각해보는 게 좋겠죠. 침대 매트리스가 너무 딱딱하거나 너무 푹신하지 않은지, 베개가 적절하게 목을 받쳐주는지도 확인해보세요. 무릎에 베개를 받치면 등허리 통증을 줄일 수 있고, 무릎 관절에 가해지는 압박도 덜어줄 수 있습니다. 하지불안증후군도 같이 살펴봐야 합니다. 하지불안증후군은 다리에 불편한 감각을 주어서 계속 움직이고 싶은 강한 충동을 느끼게 하거든요. 밤에 증상이 더 심해지므로 수면 장애와 불면증으로 이어지기 쉽습니다.

스트레스, 불안, 우울

수면 부족은 단기적으로 불안과 스트레스 혹은 우울감을 동반하며, 만성이 되면 해결하기 어려울 수 있습니다. 심리적 문제와 수면 부족은 서로 밀접하게 연관되어 있지요. 두 가지는 함께 다루는 게 좋습니다. 스트레스 줄이면 수면을 방해하는 불안과 우울을 완화하는 데 도움이 되고, 반대로 잠을 잘 자면 심리적 문제를 보다 쉽게 해결할 수 있기 때문이죠.

건강한 마음을 위해서 하면 좋은 것

› 호흡 훈련과 시각화 훈련은 스트레스의 원인에서 벗어나 다른 것에 집중하는 데 도움을 줍니다. 평화롭고 행복한 때를 시각화하면서 이완 호흡 요법을 연습하세요.

› 운동을 하면 기분을 좋게 하는 엔도르핀이 분비됩니다. 활동적인 운동과 요가와 같은 정적 운동을 함께 하여 균형을 맞춰보세요.

› 해야 할 일의 목록을 작성하여 우선순위를 정하고 시간과 에너지를 중요한 일에 쓰세요. 큰 프로젝트는 더 작게 나누고, 가능하다면 다른 사람에게 일을 맡기는 것도 방법입니다.

› 부드럽고 차분한 음악을 들으세요. 몸과 마음을 편안하게 하고 혈압을 낮출 수 있습니다.

› 충분히 주무세요. 잠은 뇌를 재충전하고, 집중력과 기분을 끌어올리며, 삶을 윤택하게 만들어줍니다.

› 생각을 곱씹지 마세요. 생각이 많아지면 지역 사회에서 봉사하거나 친구와 이웃을 도우세요. 타인을 도움으로써 근심에서 벗어날 수 있습니다.

› 감당할 수 없을 것 같은 일을 혼자 해결하려고 하지 마세요. 다른 사람에게 말하고 병원에 가거나 상담을 받는 게 좋습니다.

If you can't sleep, then get up and do something instead of lying there worrying. It's the worry that gets you, not the lack of sleep.
Dale Carnegie
잠들 수 없으면 누워서 걱정하는 대신 일어나서 뭐라도 해라. 당신을 붙잡는 것은 걱정이지 수면 부족이 아니다.
데일 카네기

잘 자려면 어떻게 해야 할까요?

질 좋은 잠을 방해하는 요소를 확인하고 개선하는 방법은 무엇이 있을까요?

양을 세어보자

이제 다른 방법 좀 생각해보라고요? 하지만 오래전부터 내려온 '양 세기' 방법은 마음을 비워주고 정신을 쉬게 해 수면에 정말 도움이 됩니다. 양의 모습을 시각적으로 떠올리고 세면 되는데, 양을 한 마리씩 세면서 딴생각을 하지 않도록 머리를 비우세요. 물론 누군가에게는 불쑥 튀어나오는 생각을 막기에 양으로는 충분하지 않을 수도 있겠죠. 그럴 때는 993, 986, 979 이렇게 1000부터 7씩 빼면서 거꾸로 세는 게 도움이 될 수 있습니다.

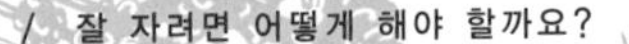

천연 진정제를 써보자

› **캐모마일:** 저먼 캐모마일과 잉글리시 캐모마일은 몸과 마음을 진정시키고 잠을 잘 자게 해주는 효과가 있습니다. 말린 캐모마일 꽃을 우려내서 차로 마셔보세요.

› **쥐오줌풀:** 약초로도 쓰이는 쥐오줌풀은 신경계와 근육을 진정시키는 뇌의 신경전달 물질인 가바(감마아미노부티르산)의 기능을 향상시킵니다. 가바가 없으면 긴장하기 쉽고, 긴장 상태에서 벗어나기 어렵다고 느끼죠.

› **라벤더:** 진정 효과가 있는 허브 중에 가장 유명한 것은 라벤더예요. 꽃과 잎에서 사랑스러운 향기가 나는데, 꽃에서 오일을 추출하기도 하고 말린 꽃을 차로 만들기도 하죠. 마사지 오일에 첨가하거나 목욕할 때 써도 좋습니다.

› **트립토판:** 트립토판은 비타민B6와 결합해 간에서 세로토닌과 니아신으로 바뀌어요. 그리고 솔방울을 닮은 내분비 기관인 솔방울샘에서 이 두 물질을 이용해 수면호르몬인 멜라토닌을 만들어냅니다. 닭이나 오리, 유제품, 곡물, 아보카도, 호박, 병아리콩에 들어 있어요.

› **마그네슘:** 마그네슘은 결핍되기 쉬운 무기질입니다. 뇌의 활성화는 노르아드레날린, 세로토닌, 히스타민 같은 신경화학 물질의 영향을 받는데, 가바가 이 물질을 적절히 억제하지 않으면 우리는 흥분하여 잠을 못 이루게 됩니다. 그리고 가바가 작용하려면 마그네슘이 필요하죠. 마그네슘은 행복과 편안함을 느끼도록 하는 적절한 양의 세로토닌을 결합하는 데도 필수입니다. 잠이 부족하면 아드레날린과 스트레스가 많아지는데, 이는 마그네슘을 고갈시킨다고 알려져 있습니다.

자려고 누웠는데 잠이 잘 오지 않거나 제대로 자지 못했는데도 일찍 일어난다면 마그네슘 결핍일 수 있어요. 또 쥐가 자주 나거나 손발이 차고, 어깨와 목이 뻣뻣해지고 또 눈꺼풀이 떨리는 근육 경련이 있다면 마그네슘 결핍의 징후로 볼 수 있죠. 마그네슘은 녹색 잎채소, 맥아, 호박씨, 아몬드 등에서 섭취할 수 있습니다. 보충제로 밤에 400~500mg를 먹는 것도 도움이 되고요. 하지만 복용 중인 다른 약과 부딪힐 수도 있고, 너무 많이 먹으면 역효과가 나므로 확인이 필요해요. 또 민감한 사람이라면 설사를 유발하는 산화 마그네슘 대신 구연산 마그네슘이나 아스코르브산연 마그네슘을 먹는 게 좋습니다. 나이가 들어 소화 흡수 능력이 떨어졌다면 피부를 통해 흡수하는 경피성 마그네슘이 좋죠.

› **엡솜 염:** 마그네슘의 한 형태로, 잠자리에 들기 전 따뜻한 목욕물에 풀어서 사용하면 좋습니다. 피부를 통한 마그네슘 흡수는 우리 몸의 마그네슘 수치를 높여주고 긴장된 근육을 이완하는 데도 도움이 됩니다.

› **5-HTP:** 오하이드록시트립토판이라고 하는 이 물질은, 잠을 잘 자도록 도와주는 트립토판과 세로토닌의 선구 물질로, 뇌와 내장에서 만들어지는 천연 아미노산입니다. 효과가 있다는 임상적 근거는 없지만 천연 건강 보조제에 비타민B6이나 멜라토닌과 함께 들어가곤 하죠. 좋은 잠을 위해 섭취해볼 만합니다.

› **귀마개:** 함께 자는 사람의 코골이나 이른 아침 새소리 등 소음에 민감하다면 귀마개를 사용합시다. 부드러운 밀랍이나 실리콘 재질이라면 귀에 잘 맞을 거예요. 장거리 비행에서 나눠주는 딱딱한 발포 고무보다 훨씬 효과가 좋습니다.

- **암막 커튼:** 수면호르몬인 멜라토닌 생성을 방해하는 빛이 잠을 이루지 못하는 원인이라면 침실을 어둡게 만들어야 합니다. 빛을 확실하게 차단해주는 커튼이나 블라인드는 특히 여름 새벽의 이른 햇살을 충분히 막아줄 거예요.
- **허브 베개:** 좋은 잠으로 이끌어주는 허브 베개를 만들어봅시다. 크기가 클 필요는 없어요. 30×15cm면 충분하죠. 부드럽고 성근 면직물 안에 말린 캐모마일 꽃, 라벤더, 홉을 넣고 곱게 짜인 면이나 실크로 싸서 베개로 쓰면 좋습니다.

호흡을 정리해보자

› 작은 베개를 베고, 무릎을 구부리고 손을 가볍게 두어 편안한 자세로 눕습니다. 목 뒤쪽이 늘어나도록 턱은 안으로 당겨야 해요. 몸의 긴장을 푸는 호흡법인 알렉산더 테크닉 강사들이 '생산적 휴식 자세'라고 부르는 자세입니다.

› 바닥이나 침대에 누워 몸에 힘을 빼고 축 늘어트린 다음, 어깨를 뒤까지 움츠렸다 떨어트리기를 반복해봅시다. 이때 의식적으로 어깨 근육을 풀어야 합니다. 긴장하고 있는 다른 근육들도 의식적으로 풀어주는 게 좋아요.

› 따뜻하고 편안한 상태여야 합니다.

› 눈을 감습니다. 코로 부드럽게 숨을 들이쉬면서 자연스럽게 흐름을 유지하는 데 집중하세요. 그리고 입으로 숨을 내쉬기 전에 잠깐 멈춥니다. 자연스럽게 느껴질 때까지 계속합니다.

› 좀 더 깊게 숨을 쉬면 산소를 더 많이 마시고 호흡이 느려지며 호흡 사이에 멈추는 시간이 좀 더 길어질 수도 있습니다. 이것이 정상이에요. 호흡의 질은 혈중 이산화탄소 수치가 결정하는데, 혈중 이산화탄소 수치는 우리가 더 차분하고 깊게 호흡하면서 더 많은 산소를 흡수하면 떨어집니다.

› 이런 방식으로 계속 숨을 들이마시고 멈췄다 내뱉는 데 집중하면서 자신만의 리듬을 찾으면 됩니다.

› 호흡에 집중하기 어렵다면 숨을 들이마시면서 "들이마시고"라고 하고, 숨을 내쉬면서 "내쉬고"라고 작게 말해보면 좋습니다.

› 숨을 쉴 때마다 작은 조약돌이 하나씩 수영장에 빠져 바닥으로 가라앉는 모습을 떠올리면 집중에 도움이 됩니다.

이렇게 차분하게 호흡하는 데 익숙해질 때까지는 연습이 필요합니다. 하지만 익숙해진다면 몸을 이완하거나 잠들거나 명상을 하는 데 유용한 수단이 될 거예요.

할 일 목록을 만들자

해야 할 일을 다음 날 기억하지 못할까 봐 전전긍긍하지 말고 목록을 만드세요. 그러면 잊어버릴까 봐 걱정하지 않고 편안하게 잠들 수 있어요.

• • •

인간의 삶에서 중요한 다섯 가지 요소는 탄생, 음식, 수면, 사랑, 죽음이다.

E. M. 포스터, 소설가

음악을 들어보자

어떤 소리는 배경에 낮게 깔리면서 긴장을 풀어주고 잠에 빠지게 해줍니다. 수면 전 단계의 뇌파를 자극해주기도 해요. 종소리, 풍경 소리, 파도 소리, 티베트의 싱잉볼 소리 등 이런 것들이 뇌파에 맞춰진 음악이에요. 뇌파는 깰 때는 알파파(7~12Hz)와 베타파(13~40Hz) 사이에서 움직입니다. 활발하게 문제를 해결할 때나 극도로 스트레스를 받을 때는 감마파(40Hz보다 높음)가 나타나죠. 잠이 들 때는 더 감지하기 어려운 세타파(4~12Hz)를 거쳐 깊게 잠들면 델타파(0~4Hz)로 바뀝니다. 특정 뇌파와 관련 있는 입체 음향 비트를 사용한 음악을 들으면 그 뇌파에 접근할 수 있습니다. 명상, 휴식, 또는 수면을 도와주는 음악들은 알파파와 델타파 입체 음향 비트를 사용한 겁니다.

인지행동치료도 시도해보자

불면증이 4주 이상 계속되거나 자는 데 문제가 있다면, 인지행동치료가 도움이 됩니다. 인지행동치료는 생각의 과정, 즉 인지가 어떻게 행동에 영향을 주는지 살핍니다. 또 행동이나 삶을 경험하는 방식을 바꾸고 발전시킬 수 있는지도 알려주죠.

**And the night shall be filled with music,
and the cares that infest
the day shall fold their tents like the Arabs
and as silently steal away.**

Henry Wadsworth Longfellow

그러면 밤이 음악으로 가득 차고, 낮 동안 북적대던 근심은
아랍인들처럼 천막을 걷어 조용히 떠날 것이다.

헨리 워즈워스 롱펠로, 시인

인지행동치료는 생각이 떠오르면 그 과정을 검토하면서 불면증을 극복하는 데 도움이 됩니다. 예를 들어, '잠이 안 와. 절대 못 잘 거야. 못 자면 내일 일을 제대로 못 하겠지?' 같은 생각 자체가 잠드는 것을 방해하죠. 침대에 누워서 잠들지 못하고 강박적으로 잠이 안 온다고 생각하면 자기실현적 예언이 됩니다.

이런 생각을 충분히 잘 자서 모든 일이 잘될 거라는 긍정적인 신념으로 바꾸는 법을 배우는 것은 시간이 걸리지만, 그 효과는 좋습니다. 좋은 잠을 목적으로 하는 인지행동치료의 핵심 역할은 잠드는 과정을 이해하고 이를 둘러싼 미신과 그릇된 생각을 바꾸는 겁니다.

인지행동치료와 함께 효과가 있는 것이 수면 위생입니다. 이 또한 중요한 요소 중 하나이며, 수면 일기를 써야 하는 경우도 있죠. 전문가에게 4~5회기 동안 잠을 잘 자는 법과 언젠가 찾아올 수도 있는 불면증에 대처하는 방법을 배울 수 있습니다.

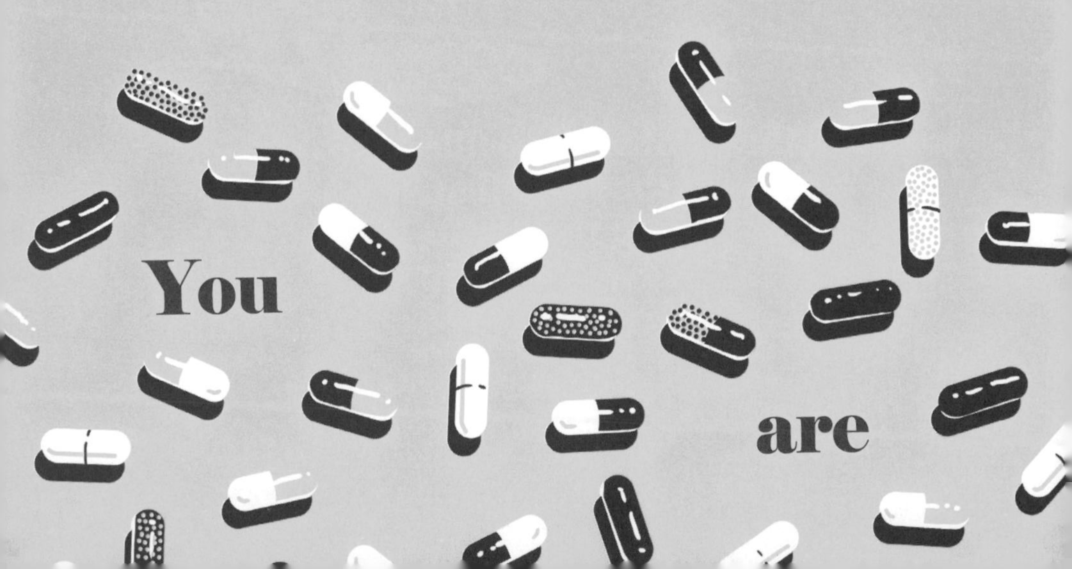

정 안 되면 수면제라도

앞에서 말했던 쥐오줌풀 등 허브를 쓰는 방법도 있지만 다른 요인들을 살피는 동안 주치의가 불면증 증상을 완화하기 위해 수면제를 처방할 수도 있습니다.

19세기에는 아편이 인기 있는 불면증 치료제였습니다. 그리고 알코올과 몰핀의 혼합물인 아편 팅크는 경제적 형편이 되는 사람들이라면 손쉽게 구할 수 있었죠. 마리화나 역시 사용됐는데, 당시에는 아편보다 더 위험하다는 인식이 있었음에도 빅토리아 여왕의 개인 주치의 J. R. 레이놀즈 박사는 여왕이 '생리통을 겪는 동안 수면을 보조'하도록 이를 처방했습니다. 그는 1890년 영국의 의학저널 《란셋》에서 마리화나가 '우리가 가진 가장 값진 불면증 치료제 중 하나이다'라는 의견을 밝히기도 했습니다. 하지만 현대에 와서는 환자에게 부작용이 없을 정도로만 수면제를 처방하고 있습니다.

수면 문제를 해결하려면 어떻게 해야 할까요?

잠을 제대로 자지 못하거나, 불면증으로 힘들거나, 잠을 잘 자기 위해 지푸라기라도 잡고 싶은 사람을 위한 방법을 소개합니다.

알람 시계

잠을 제대로 못 자더라도 아침에 알람을 맞추고 억지로라도 일어나야 합니다. 알람은 규칙적인 잠을 위한 생체 시계의 첫 번째 단서가 될 테니까요.

영양가 많은 아침 식사

단백질이 포함된 영양가 있는 아침 식사를 가볍게 먹는 게 좋아요. 토스트에 달걀을 같이 먹거나 통곡물 시리얼, 견과류와 과일도 좋고요. 아침 식사는 생체 시계를 통제하는 데 도움을 줍니다. 탄수화물과 단백질이 조화로운 식사는 혈당이 요동치면서 피로를 유발하는 상황도 막아줄 거예요.

카페인 양 조절

오후 3시 전이라면 커피, 콜라, 차, 카페인이 든 것을 뭐든 먹어도 괜찮습니다. 하지만 그 시간 이후에는 입에 대지 않는 것이 좋습니다. 마셔야 한다면 하루 한두 잔으로 참고요. 만약 잠들기가 어려워졌다면 아예 마시지 않는 게 좋겠죠. 물론 하루에 여섯 잔을 마시다가 완전히 끊는다면 금단 증상이 생길 수 있어요. 이를 최소화하려면 일주일에 걸쳐 서서히 줄여야 합니다.

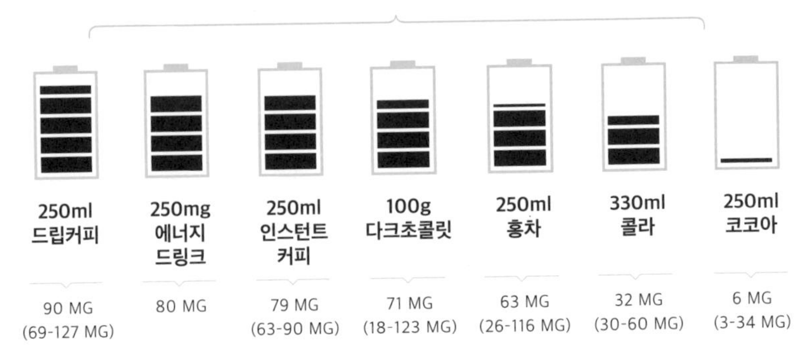

(출처: 국제식량정보협의회재단)

20분 미만의 낮잠

하루를 일찍 시작하는 바람에 이른 오후쯤 재충전의 시간이 필요하다면 낮잠을 자되 20분을 넘기지 않아야 합니다. 나중에 잠드는 것이 힘들어지지 않도록 4시 이전에 자는 게 좋고요.

운동

운동은 체중 감량을 안 한다면 20분 정도를 걸어서 출퇴근하는 것만으로도 충분합니다. 만약 달리기를 하거나, 헬스장을 다니거나, 테니스나 축구 등 강도 높은 운동을 한다면 생체 시계를 생각했을 때 잠드는 데 도움이 되는 최적의 운동 시간을 계산해서 하세요.

잠을 부르는 음식

저녁을 너무 일찍 먹으면 혈당이 떨어져 각성호르몬인 코르티솔이 분비됩니다. 그러면 아침에 너무 일찍 깰 수 있죠. 너무 늦은 시간에 많이 먹는 것도 좋지 않습니다. 마지막 끼니나 간식을 먹은 시간과 기상 시간이 10~12시간 정도 비는 게 이상적이죠. 이왕이면 수면을 유도하는 트립토판 함유량이 높은 닭고기나 오리고기, 유제품, 곡류, 아보카도, 호박, 병아리콩, 호두 등을 먹는 게 좋아요. 마그네슘과 비타민B가 든 음식을 저녁 식사에 포함하고요. 자기 전 마지막 식사가 너무 일러서 간식을 먹어야겠다면 바나나나 우유가 들어간 것을 마시는 게 좋습니다.

알코올 자제

술은 정신을 깨우고 정상적인 수면 단계를 방해해서 잠을 짧게 조각냅니다. 한밤중에 방광이 꽉 찬 상태로 깰 수도 있고요. 잠드는 데 심각한 문제가 있다면 술은 마시지 말아야 합니다.

최상의 수면 환경 조성

잠자는 장소는 조용하고 어두워야 하고, 지나치게 덥거나 춥지 않아야 합니다. 암막 블라인드나 커튼을 치고, 필요한 경우 귀마개를 사용해보세요. 귀마개는 부드럽고 유연한 밀랍이나 실리콘 소재가 가장 좋아요.

전자기기 끄기

화면에서 블루라이트가 나오는 컴퓨터, 스마트폰, 노트북, 태블릿 등은 자기 2시간 전부터 쓰지 마세요. 블루라이트는 수면을 유도하는 멜라토닌의 정상적인 분비를 막습니다.

통증 치료

급성이든 만성이든 육체적 고통이 있다면 잠들기 어렵습니다. 통증을 줄이기 위한 대책을 마련하세요. 의사나 물리치료사에게 조언을 듣거나, 단기적으로는 처방전이 필요 없는 진통제를 쓰거나 말이죠.

발을 따듯하게

발이 차가우면 잠들기 힘들어집니다. 그럴 땐 수면 양말이 도움이 됩니다. 자기 전에 따뜻한 물로 목욕하는 방법도 있고요.

아무 일도 하지 않기

자기 3시간 전에는 몸을 편안하게 이완하는 것이 좋아요. 잠들기 전에 규칙적인 습관을 만들되, 졸릴 때 침대에 누워야 합니다. 침대 옆에 독서 등은 너무 밝지 않게 하고 책을 읽거나 편안한 음악을 들으면 좋아요.

긴장 풀기

라벤더 향이 나는 욕조에서 바나나와 따뜻한 캐모마일 차 한잔을 곁들이며 잠을 준비해보세요. 홉과 라벤더로 채운 베개에 누워 자면 더 좋습니다. 그래도 잠들기 힘들다면, 101쪽의 잠드는 데 도움이 되는 호흡법을 따라 해보세요.

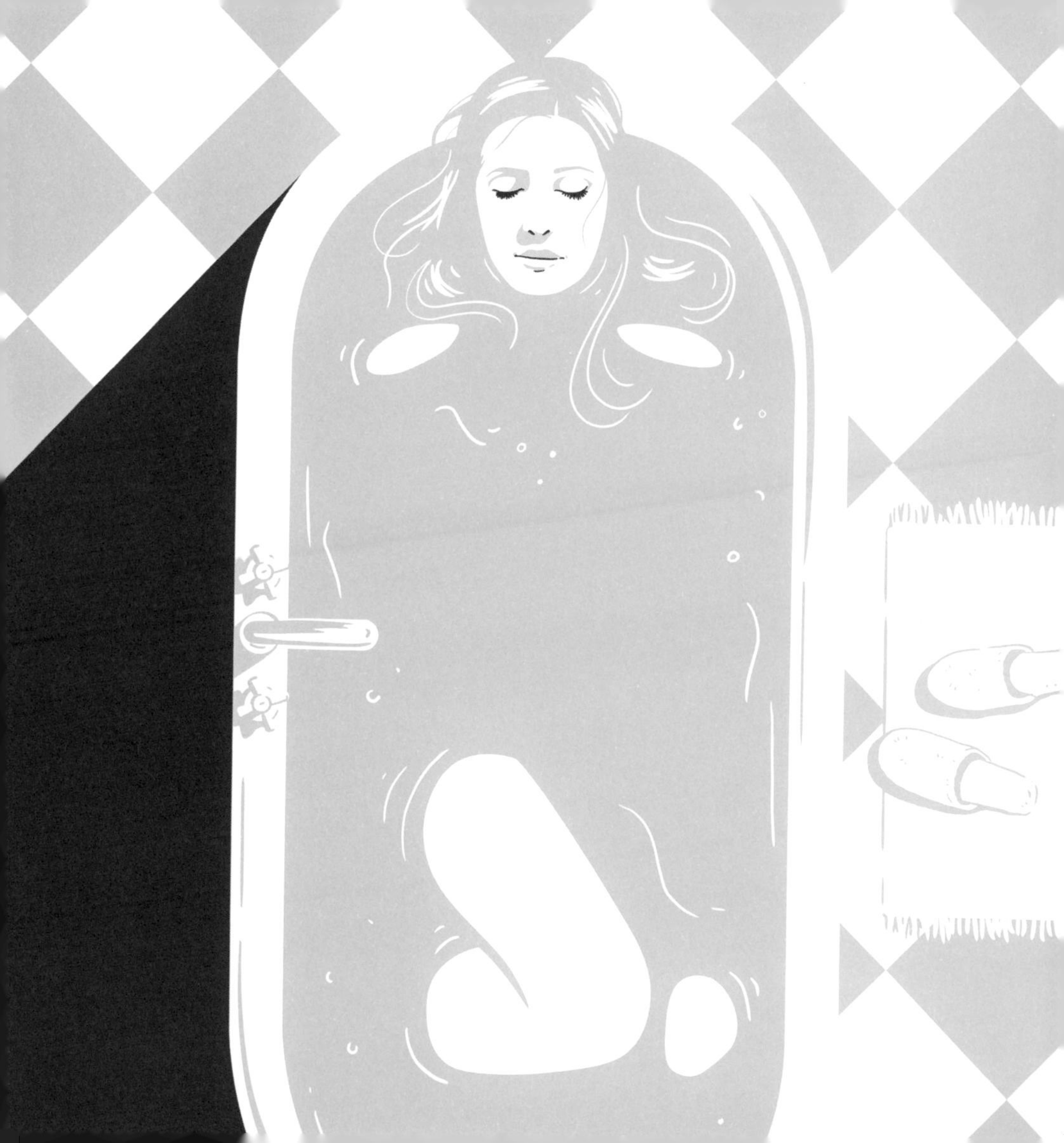

잠 일기를 쓰면 무엇이 달라질까요?

피로가 쌓이고, 불면증을 겪거나, 잠을 제대로 자지 못하는 원인을 알고 싶다면 '잠 일기'를 쓰는 게 도움이 될 거예요. 자신의 행동을 돌이켜보면 문제가 일어나는 패턴을 파악할 수 있거든요. 스스로 해결할 수 없는 문제로 의사의 도움을 청할 때, 구체적인 정보를 전달하는 수단이 되기도 하고요.

잠 일기에 쓸 내용들

> **일어나는 시간:** 알람 소리에 맞춰 자연스럽게 깼나요, 아니면 외부 사건에 의해 강제로 깼나요?
> **깼을 때 기분**
> **그날의 중요하고 비일상적인 사건:** 직장에서의 프레젠테이션, 모임 등
> **식사:** 아침, 점심, 마지막 식사 시간
> **잠자리에 들기 전에 한 일**
> **잠자리에 누운 시각**
> **잠든 시각**
> **총 잠든 시간:** 잠들었던 시간을 포함하여 있었던 일들을 적으세요. 이를테면 '6시간/두 번 깸'
> **기타 정보:** 병이나 사고, 예외적인 사건 같은 것

잠자는 것을 24시간 주기의 일부로 생각하는 것이 중요합니다. 어떤 패턴이 눈에 띄는지, 진짜 불면증이 있는지, 잠과 관련된 문제가 일어나는 이유가 어떤 행동 때문인지 확인할 수 있도록 약 2~3주 동안 일기를 써봅시다.

좋은 수면 습관을 들여볼까요?

잘 자기 위해 도움이 되는 습관과 실천 방법을 **수면 위생**이라고 합니다. 수면 패턴을 더 좋은 쪽으로 바꾸거나 회복시킬 때 수면 위생에서는 환경, 운동, 식사 세 가지 요소를 살펴봅니다. 다시 말하지만, 깨어 있을 때의 생활이 잠에 큰 영향을 미치기 때문입니다.

잠이 잘 오는 침실

침실은 일하거나 노는 공간이 아니라 잠을 자는 공간이어야 합니다. 침실을 다양한 용도로 사용해도 자는 데 문제가 없는 사람도 있겠지만, 수면 문제를 겪고 있다면 침실은 잠을 자는 장소로만 사용하세요. 침실에서 게임하고 문자를 주고받는 것은 피하는 게 좋습니다.

침대는 지나치게 딱딱하거나 부드럽지 않아야 해요. 이불이 덥거나 춥지 않아야 하며, 공간이 부족해서도 안 되고 편안해야 합니다. 같이 자는 사람이 방해된다는 생각이 들면 더 큰 침대를 들이거나 침대를 따로 쓰는 것도 생각해봅시다. 잠이 얕게 드는 사람에게 타인의 뒤척임과 중얼거림, 맞지 않은 실내 온도, 서로 이불을 덮으려는 다툼만큼 힘든 일은 없거든요.

이상적인 침실은 18℃ 정도의 온도에 통풍이 잘되는 곳입니다. 창문을 열 수 없다면 문을 살짝 열어 공기가 순환시키는 게 좋고요. 공기 입자들은 전기적으로 중성을 띠지만 먼지, 공해, 꽃가루, 합성 섬유, 난방으로 인해 양성으로 바뀔 수 있죠. 그러면 민감한 사람들은 긴장과 불편을 느끼고 낮 동안 두통에 시달리기도 합니다. 이때 음이온을 채우면 중화할 수 있습니다. 침대 옆 전등은 책을 읽을 수는 있지만, 너무 밝지 않은 정도로 낮추어야 합니다. 전자책을 본다면 화면 밝기도 낮추는 게 좋죠.

낮에 규칙적으로 하는 운동

운동은 우리 몸을 피곤하게 만듭니다. 하지만 요즘은 많은 사람이 앉아서 생활하므로 그렇게 피곤해지기 쉽지 않죠. 운동은 근육의 긴장을 풀어줄 뿐만 아니라, 스트레스호르몬이 몸과 정신에 미치는 영향을 상쇄합니다. 몸을 움직이는 데 집중하면 스트레스를 주는 생각을 멈출 수도 있고요. 게다가 기분을 좋게 만드는 엔도르핀도 방출됩니다.

따라서 낮에 규칙적으로 운동하면 잠을 자는 데 도움이 됩니다. 꼭 격한 운동을 하거나 축구 경기를 뛸 필요는 없어요. 매일 20분 정도 산책하는 것만으로도 충분합니다. 단, 육체적으로 고된 운동은 몸 중심부의 체온을 높여 몸을 과하게 자극합니다. 그러므로 잘 자기 위해서는 요가 같은 부드러운 운동이 아닌 이상, 저녁 7시가 넘는 늦은 시간에는 하지 않는 게 좋아요.

잠들기 4시간 전의 식사

음식을 먹고 소화하는 과정은 우리 몸이 낮을 규정하고 밤과 구별하게 해주는 단서입니다. 먹는 행위는 에너지를 공급하는 동시에 에너지를 소비하기 때문에 잠들기 전 4시간 동안은 영양학적으로 복잡한 음식을 많이 먹지 않는 게 좋습니다. 그렇다고 자기 6시간 전에 가볍게 먹어도 밤새 잠들기에는 충분하지 않습니다. 식후 6~8시간이 지나면 혈당이 떨어지면서 스트레스호르몬인 코르티솔이 나와서 일찍 일어나게 하기 때문입니다.

매일매일의 잠자리 습관

잠자리 습관은 긴장을 풀고 잠들 준비를 도와줍니다. 잠들기 어렵고 이를 위한 규칙적인 습관이 없다면 한 가지 만들어보면 어떨까요? 107쪽부터 소개한 계획, 그중에서도 하루의 마지막에 하는 일을 참고해보세요.

물론 즉각적인 효과를 기대하긴 힘듭니다. 몸을 편안하게 이완하는 법을 배울 때까지는 시간이 걸리니까요. 바로 좋은 잠을 잘 수는 없겠지만 찬찬히 과정을 따라 시간을 들인다면 분명 도움이 될 거예요.

좋은 수면 습관 만들기

잠들기
3시간 전부터는
일하지 말 것

잠들기
4시간 전에
마지막 식사를
할 것

따뜻한 물로
목욕하여
몸을 편안하게
할 것

조명을
낮출 것

책을 읽거나
편안한 음악을
들을 것

Routines may include taking a warm bath or a relaxing walk in the evening, or practicing meditation/relaxation exercises. Psychologically, the completion of such a practice tells your mind and body that the day's work is over and you are free to relax and sleep.

Andrew Weil

수면 습관에는 따뜻한 물로 목욕을 하거나, 저녁에 편안하게 산책하거나,
명상하거나, 긴장을 풀어주는 운동이 있다.
이런 습관은 그날의 일이 끝났으며 편안히 잠들어도 된다는 심리적인 신호를 준다.

앤드루 웨일, 대체의학을 지지하는 의사

낮잠은 정말 보약일까요?

'낮잠 자다'라는 관용구에 '해야 할 일을 하지 않고 태평하게 있는다'라는 의미가 있는 것처럼, 낮잠은 게으른 활동이라는 인식이 있습니다. 하지만 요즘에는 오히려 낮잠이 건강에 좋다고 인식이 바뀌었죠.

• • •

쉬어라. 휴식을 취한 들판에 좋은 곡식이 열린다.

오비드, 고대 시인

시에스타를 즐기는 유럽인은 낮잠의 가치를 잘 알고 있는 것 같습니다. 2009년, 캐나다의 브록대학의 수면 연구원 킴벌리 코티는 낮잠에 대한 여러 연구를 검토했습니다. 그리고 짧게라도 낮잠을 자면 사람들의 기분과 반응 속도, 민첩성이 좋아진다는 결론을 내렸죠.

맑은 정신과 집중력을 준다

낮잠은 밤에 못 잔 잠을 만회한다기보다 신경계의 활동에 활력을 불어넣고 탄탄한 사고를 돕는 뇌파를 회복시켜준다는 이점이 있습니다. 이상적인 상황이라면 우리는 알파파 덕분에 특별한 노력 없이 맑은 정신으로 집중할 수 있죠. 하지만 바쁜 아침에는 시간적 제약이나 방해 요소의 자극을 받아 뇌파가 베타파로 바뀝니다. 이는 주의를 기울이고 집중하는 능력을 떨어트리죠. 20분 정도의 낮잠은 뇌파를 세타파로 바꿔주어, 깨어 있는 동안 차분하지만 각성한 알파파 상태가 되도록 도와줍니다.

나사의 연구에 따르면, 조종실에서 20분 동안 낮잠을 잔(물론 조종은 부조종사가 맡아서 하는 동안에) 조종사들은 낮잠을 자지 않은 조종사들과 비교하여 35% 이상 정신이 맑고 집중력도 2배 높았다고 합니다.

No day is so bad it can't be fixed with a nap.

Carrie Snow

낮잠으로 회복할 수 없을 정도로 나쁜 날은 없다.

캐리 스노, 미국의 스탠드업 코미디언

심장에 좋다

하버드대학은 6년 동안 20세에서 80세 사이의 성인 2만 명을 대상으로 낮잠을 연구했습니다. 그리고 실험 참가자 모두에게 식습관, 운동의 강도 그리고 가장 중요한 낮잠의 길이에 대해 질문했죠. 나이와 신체 활동의 정도를 모두 고려하고도, 일주일에 적어도 3번 이상 30분의 낮잠을 잔 참가자들이 그렇지 않은 참가자들보다 심장 질환 관련 사망 위험이 37% 더 낮았습니다.

기억력에 좋다

2008년 뒤셀도르프대학의 과학자들은 지원자들에게 단어 목록을 외우라고 한 뒤, 그들을 무작위로 세 그룹으로 나누었습니다. 첫 번째 그룹은 깨어 있도록 했으며, 두 번째 그룹과 세 번째 그룹은 각각 40분, 6분 낮잠을 자도록 했죠. 단어를 다시 떠올리라고 했을 때, 첫 번째 그룹의 기억력도 나쁘지 않았지만 40분 동안 낮잠을 잔 그룹이 더 많이 기억했으며 6분 잔 그룹은 그보다 더 많이 기억했다고 합니다.

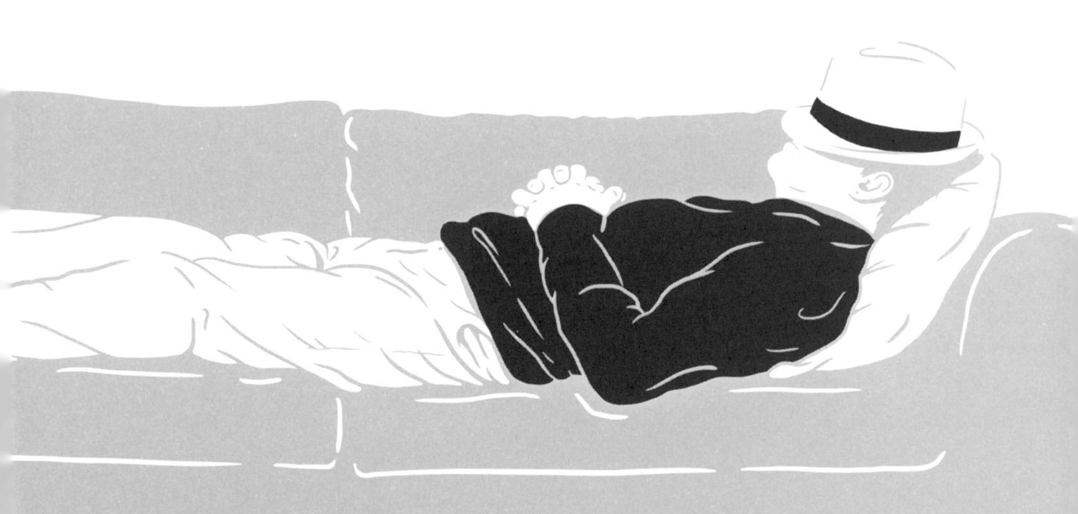

• • •

낮잠은 점심과 저녁 사이에 제대로 자야 한다. 옷을 벗고 침대로 가라. 나는 늘 그렇게 한다. 낮에 잔다고 해서 일을 덜 할 거라고 생각하지 마라. 그것은 창의력이 없는 사람들이 하는 한심한 생각이다. 낮잠을 자면 오히려 더 많은 걸 해낼 수 있다. 2배, 못해도 1.5배는 더 많이 일한다.

윈스턴 처칠

처칠은 화이트홀 지하 벙커에서 밤을 지새우던 전쟁 중에 낮잠 습관을 만들었습니다. 그의 생활 방식을 그대로 따르지 않더라도 낮잠을 자는 시간이 유익하다는 것은 의심할 여지 없는 사실입니다. 낮잠은 하루 동안 쓰는 에너지에 영향을 미칩니다. 그러므로 최적의 낮잠 시간은 자연스럽게 신체 에너지가 가장 떨어지는 때가 좋으며, 이 시기는 그날 일어난 시간에 따라 달라지죠.

• • •

아주 짧은 낮잠이라도 세상 어떤 술보다 더 좋은 회복제이자 자극제가 된다.

에드워드 루카스, 저널리스트

연구에 따르면 낮잠을 자려고 누워 있는 것만으로도 혈압이 건강한 수준으로 낮아진다고 합니다. 만약 짧은 낮잠 뒤에 바로 정신을 차려야 한다면, 눕기 바로 전에 커피나 카페인 음료를 마시는 것도 방법입니다. 카페인의 마법은 25분 뒤, 정확하게 일어나야 할 때부터 효과를 낼 테니까요.

하지만 낮잠은 90분 주기의 완전한 수면이 아니므로, 말 그대로 낮잠으로 끝나야 효과적입니다. 2011년 《커런트 바이올로지》에 실린 연구에 따르면, 20분짜리 원기 회복용 낮잠은 심장마비와 뇌졸중의 위험을 3분의 1 정도로 낮추어준다고 합니다. 하지만 이보다 낮잠이 더 길어지면 24시간 생체 주기를 방해하고 밤시간의 수면 리듬을 깨기 때문에 역효과가 생깁니다.

낮잠 자기 가장 좋은 시간

일어나는 시간

06:00	06:30	07:00	07:30	08:00	08:30	09:00
↓	↓	↓	↓	↓	↓	↓
13:30	13:45	14:00	14:15	14:30	14:45	15:00

낮잠 시간

창조성이 뛰어난 사람들은 어떻게 잤을까요?

• • •

개인적으로 나는 하루에 18시간씩 일하며 시간을 보낸다.
매일 짧은 잠을 자면서, 밤에 평균적으로 네댓 시간씩 잔다.

토머스 에디슨

전구를 발명한 토머스 에디슨이 잠을 그다지 중요하게 생각하지 않았다는 사실에는 재미있는 구석이 있습니다. 그의 발명품이 우리가 빛의 양에 구애받지 않고 낮과 밤을 보낼 수 있게 해줬고, 더불어 수면 습관에도 지대한 영향을 끼쳤으니까요.

아주 짧게 잔 사람들

예술가 살바도르 달리는 자는 시간이 너무 아까워서 계속 깨어 있을 방법을 생각해냈습니다. 그는 잘 때 한 손에 티스푼을 쥐고 의자 팔걸이 아래 양철판을 두었습니다. 졸면서 손에 힘이 풀리면 티스푼이 양철판에 떨어지면서 '쨍그랑' 소리를 내어 그를 깨우도록 말이죠. 그의 작품이 몽환적이고 초현실적인 이유는 이 때문일지도 모릅니다.

• • •

잠을 자는 것은 세상에서 가장 한심한 짓거리자, 부담스러운 짐이며, 지긋지긋한 의식이다.

블라디미르 나보코프, 소설가

꿈을 꾸고 나서 대작을 완성한 사람들

하지만 일반적으로는 생산적인 사고에 수면 박탈이 방해가 됩니다. 창조성의 한 가지인 해결 능력은 잠들고 첫 4시간 동안 나타나는 깊은 수면 주기 동안 길러집니다. 꿈을 꾸는 렘수면 중에도 영감이 떠오르죠. 폴 매카트니는 꿈속에서 〈예스터데이〉의 선율을 떠올렸습니다. 골프선수 잭 니클라우스는 스윙을 정확하게 개선해줄 수 있는 꿈을 꾸었다고 하고요. 로버트 스티븐슨도 꿈을 꾸는 동안 《지킬박사와 하이드》의 플롯을 떠올렸고, 《프랑켄슈타인》을 쓴 메리 셸리 역시 마찬가지였죠. 새뮤얼 테일러 콜리지 또한 꿈을 꾸고 나서(물론 아편의 도움도 받았지만) 서사시 〈쿠블라 칸〉을 썼습니다. 화학자 드미트리 멘델레예프는 자고 나서 원소주기율표를 고안했고, 생리학자 오토 뢰비는 꿈속에서 신경자극의 화학적 전달의 이론을 증명하는 아이디어를 얻은 덕분에 1936년 노벨의학상을 받았습니다.

잠과 창조성의 관련성을 다루는 대다수 연구는 잠이 통찰력 있는 행동과 유연한 추론에 도움이 된다는 점을 보여줍니다. 반면 창조성이 수면 장애와 유의미한 상관관계가 있다는 창조적 불면증에 이론을 지지하는 연구도 있지만요. 그러나 뇌도 잘 쉬어야 제대로 일한다는 게 확실한 만큼, 잠은 창조성에 필요한 조건입니다.

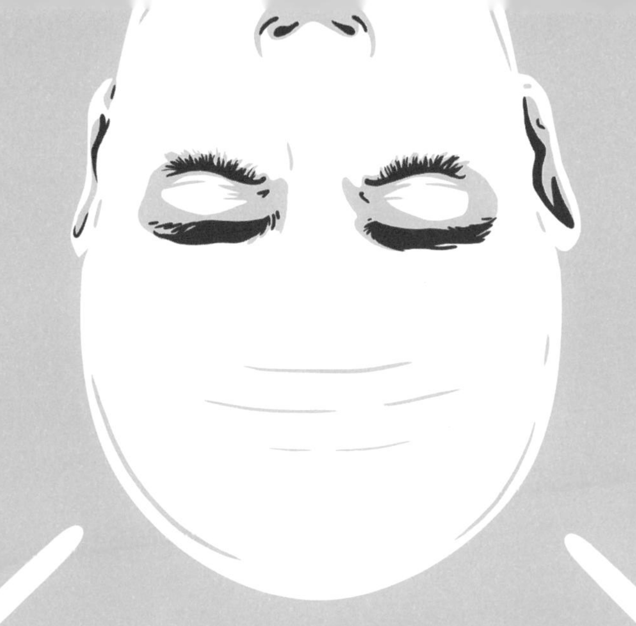

Man is a genius when he is sleeping.

Akira Krosawa

잠을 잘 때 인간은 천재가 된다.

구로사와 아키라, 영화감독

달빛처럼
포근한 꿈을 꾸시길

• • •

스스로를 소중히 여겨야 자신의 시간을 소중히 여기며,
자신의 시간을 소중히 여겨야 무언가 하게 될 것이다.

M. 스콧 펙, 의사이자 작가

푹 자거나, 보다 더 잘 자거나, 불면증을 이겨내고 조금이라도 자는 게 목표라면 우선 스스로에게 변화를 일으키는 힘이 있음을 알아야 합니다. 고질적인 수면 습관이 몸에 배었다면 곧바로 변하지는 못할 거예요. 그래도 사람은 잠을 자도록 설계되었으므로 선택을 통해 습관을 되돌릴 수 있습니다.

우리는 수면의 원리를 과거보다 훨씬 더 잘 이해하고 있습니다. 노란 달빛이 나를 감싸주듯, 몸이 회복되고 마음이 편해지는 잠의 세상이 우리 앞에 열린 것입니다. 그 안으로 들어갈지는 이제 당신에게 달렸습니다.

Unless we begin with the right attitude, we will never find the right solution.

Chinese proverb

올바른 태도로 시작하지 않으면, 올바른 해법을 찾지 못한다.

중국 격언

더 잘, 더 편하게 자기 위한 요령

목의 통증: 부드러운 베개를 하나 어깨 윗부분에 둔 상태로, 턱을 집어넣어 척추와 바르게 되게 펴세요. 목에 가해지는 압박을 덜면서 머리를 받칠 수 있습니다.

코골이/폐색성 수면 장애: 등을 대고 눕기보다 옆으로 누워 자면 혀와 근육 조직이 뒤로 밀려 호흡을 방해하는 것을 막아줍니다.

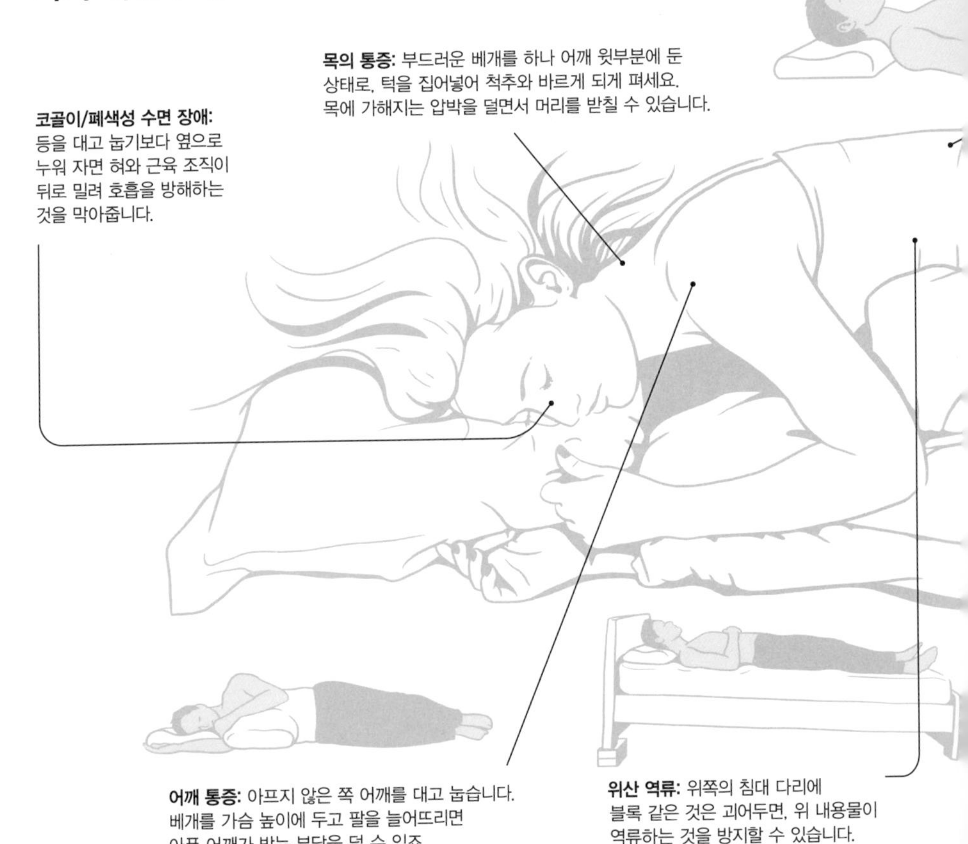

어깨 통증: 아프지 않은 쪽 어깨를 대고 눕습니다. 베개를 가슴 높이에 두고 팔을 늘어뜨리면 아픈 어깨가 받는 부담을 덜 수 있죠.

위산 역류: 위쪽의 침대 다리에 블록 같은 것은 괴어두면, 위 내용물이 역류하는 것을 방지할 수 있습니다.

등의 통증

등을 대고 잘 때, 무릎 밑에 베개를 두면 척추 아래에 가해지는 부담을 덜 수 있습니다.

옆으로 잔다면 무릎 사이에 베개를 끼고 무릎을 당겨 등을 둥글게 말면 좋아요.

엎드려 잘 때는 아랫배를 베개로 받치면 허리가 받는 압박을 덜 수 있습니다.

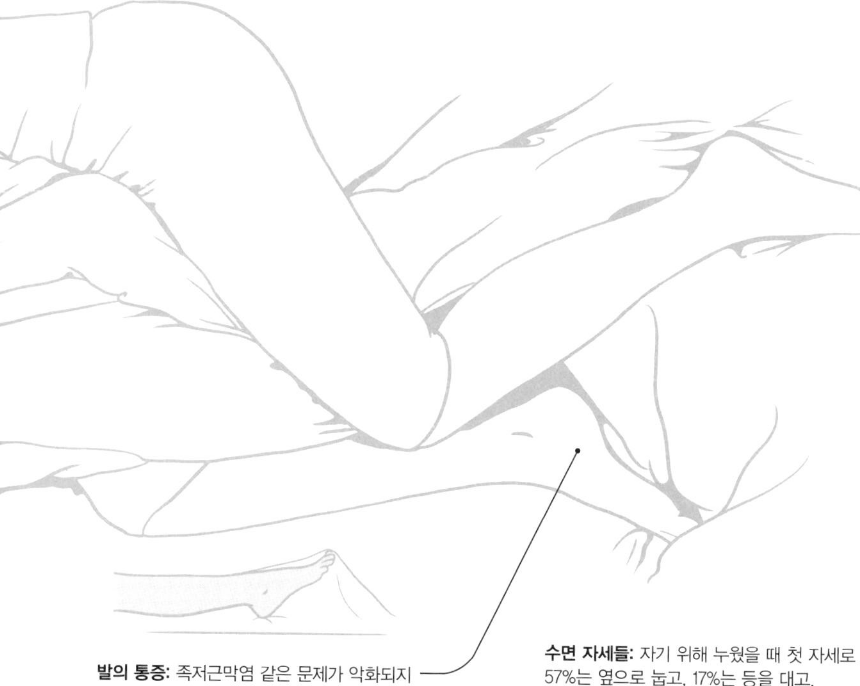

발의 통증: 족저근막염 같은 문제가 악화되지 않게 하려면 무거운 이불을 쓰지 않아야 하고, 발 주변을 너무 싸매지 않아야 합니다.

수면 자세들: 자기 위해 누웠을 때 첫 자세로 57%는 옆으로 눕고, 17%는 등을 대고, 11%는 엎드린다고 합니다. 보통 자는 동안 자세가 바뀝니다.

감사의 말

잠에 대한 엄청난 관심과 연구 덕분에
이 책의 기초가 되는 아이디어를 많은 얻을 수 있었습니다.
많은 수면 학자들이 도와주셨는데,
특히 짐 혼 교수님과 리처드 와이즈먼 교수님께 감사드리고 싶습니다.

출판사의 케이트 폴러드와 그녀를 도와준 카잘 미스트리,
디자이너 줄리아 머리 덕분에 출판 과정이 매우 즐거웠어요.

마지막으로 나의 두 아이, 조시와 로비에게 고마움을 전합니다.
둘은 내가 상상했던 것보다
잠과 잠 부족에 대해 더 많이 가르쳐줬거든요.

부록

더 읽을거리

《나도 잠꾸러기가 될 수 있어(I Can Make You Sleep)》
폴 매케나, 기파랑

《나이트 스쿨(Night School: Wake up to the power of sleep)》
리처드 와이즈먼, 와이즈베리

《수면 책(The Sleep Book)》
가이 메도우 박사, ORION PUBLISHING (국내 미출간)

《잘 자는 법: 수면의 과학으로 떠나는 여행(Sleepfaring: A journey through the science of sleep)》
짐 혼, OUP(국내 미출간)

《잠의 사생활: 관계, 기억, 그리고 나를 만드는 시간(Dreamland: Adventures in the strange science of sleep)》
데이비드 랜들, 해나무

유용한 애플리케이션

Sleep Cycle alarm clock / Sleepbot / Sleep Pillow
Relax & Sleep by Glenn Harrold / Pzizz / aSleep

저자 소개

해리엇 그리피

런던에 기반을 두고 활동하는 저널리스트이자 작문 튜터, 작가입니다.
간호사로 일하며 라이프코칭, 스트레스 관리 교육 등을 받고
건강에 매우 많은 관심을 가지게 되었습니다.
이 경험을 바탕으로 건강에 초점을 맞춘 글을 여럿 집필했습니다.
다수의 영국 신문과 잡지에 정기 기고를 하였으며,
BBC와 LBC 라디오에서도 저널리스트로서 일했습니다.
이 책이 속한 〈I WANT TO〉 시리즈를 기획하여
'창조성', '평온', '정리정돈', '행복', '집중', '자신감'을 주제로 한 책을 펴냈습니다.
이외에도 20권이 넘는 저서를 집필했습니다.

Harriet

용어 설명

숫자

24시간 기상 수면 주기(24-hour wake-sleep cycle)
≒ 24시간 주기. 24시간의 흐름에 따른 생체 리듬.

T

TATT 증후군(Tired All the Times Syndrome)
별다른 문제가 없는데도 피곤함을 느끼는 증상.

ㄱ

각성
잠에서 깨어, 자극에 반응을 보임.
과다수면증(hypersomnia)
비정상적으로 잠이 많아지는 수면 장애.
계절성 정동장애(Seasonal Affective Disorder, SAD)
계절이 바뀜에 따라 나른해지거나 우울해지는 등의 증상.
기초 수면 요구량(basal sleep need)
일상 생활을 유지하기 위해 꼭 필요한 잠의 양. 사람마다 다르다.
과도한 주간졸림증(Excessive Daytime Sleepiness, EDS)
낮 동안 심하게 졸린 증상. 많이 자더라도 낮에 졸리다고 한다.

ㄷ

다상수면
폴리페이직 수면, 분할수면이라고도 한다. 24시간 내에 여러 번 짧게 자는 수면 방법이다.

ㄹ

렘수면(Rapid Eye Movement Sleep)
안구와 뇌파가 활발하게 움직이며 깨어 있을 때와 비슷해진다.

ㅁ

멜라토닌(melatonin)
뇌의 솔방울샘에서 분비되며 수면과 기분에 영향을 준다.

ㅂ

비렘수면(non-Rapid Eye Movement Sleep)
잠들고 나서의 얕은 수면 단계에서부터 깊은 잠에 빠지는 단계.

ㅅ

생체 시계(body clock, biological clock)
언제 잠들고 먹을지부터 체온과 호르몬 분비 등을 결정하는 체내 시스템.
사이토카인(cytokine)
면역세포에서 분비되어 세포 사이의 정보를 전달하는 단백질.
생체 리듬(circadian rhythm)
하루 24시간을 주기로 몸속에서 일어나는 흐름.
서파수면(slow-wave sleep)

비렘수면 중 뇌파가 느리게 흐르는 상태.

수면놀람증(hypnagogic startle)
근육이 갑자기 수축하여 놀라서 깨는 증상.

수면무호흡증(sleep apnoea)
폐색성 수면 장애. 자는 중 호흡이 멈추어 깨거나 깊이 자지 못하는 증상.

수면 박탈(sleep deprivation)
제대로 자지 못하여 잠이 부족한 것. 면역체계와 심혈관계 등 신체적인 부분뿐 아니라 기분과 집중력에도 영향을 미쳐 생활에 지장을 줄 수 있다.

수면 부채(sleep debt)
자지 못해서 하루니 며칠 동안 손실된 잠.

시차증(jet lag)
시간대를 넘어갔다가 빠르게 돌아오면서 생체 시계에 문제를 일으키는 증상. 시간대를 넘지 않더라도 평소 낮과 밤이 바뀌면 일어날 수 있다.

ㅇ

알렉산더 테크닉(Alexander Technique)
호주 출신 연극배우 프레데릭 알렉산더가 창안한, 올바른 호흡법과 신체 이완을 통해 몸의 긴장을 푸는 방법으로 알려져 있다.

이른 아침 각성(early morning waking)
잠은 잘 들지만 너무 일찍 일어난 후 다시 잠들기 힘든 증상.

ㅈ

전진성 수면위상증후군(Advanced Sleep Phase Syndrome)
종달새형. 새벽에 깨는 수면 습관.

지연성 수면 위상증후군(Delayed Sleep Phase Syndrome)
올빼미형. 너무 늦게 자는 수면 습관.

ㅋ

코르티솔(cortisol)
스트레스를 받거나 혈당이 떨어질 때 부신에서 분비되어 신진대사에 영향을 주는 물질.

ㅍ

폐색성 수면 장애(obstructive sleep disorder)
수면무호흡증.

ㅎ

하지불안증후군(restless legs syndrome)
다리에 불편한 감각이 느껴져서 계속 움직이고 싶은 느낌을 준다. 숙면을 방해하는 수면 장애 중 하나다.

번역 **숍희**

서강대학교에서 철학과 신문방송학을 전공했으며, 짧은 직장 생활 후 대학원에 진학하여 심리학을 공부했다. 현재 바른번역미디어 회원 번역가로 활동하고 있다. 역서로는 《나쁜 조언》, 《독살로 읽는 세계사》가 있다.

에너지를 회복하여 찬란한 하루를 만드는

달빛 잠

초판 1쇄 인쇄 2022년 1월 20일
초판 1쇄 발행 2022년 2월 7일

지은이 해리엇 그리피
그린이 줄리아 머리
옮긴이 숍희
펴낸이 변민아
편집인 박지선, 서슬기
마케터 유인철
디자인 오성민
인 쇄 책과6펜스(안준용)

펴낸 곳 에디토리
출판등록 2019년 2월 1일 제409-2019-000012호
주소 경기도 김포시 김포대로 839, 204호 | **전화** 031-991-4775 | **팩스** 031-8057-6631
홈페이지 www.editory.co.kr | **이메일** editory@editory.co.kr | **인스타그램** @editory_official

ISBN 979-11-974073-9-0 (02810)